Impostura

Enrique Vila-Matas

Impostura

EDITORIAL ANAGRAMA
BARCELONA

Diseño de la colección:
Julio Vivas
Ilustración: «La cugina Simone al parco di Saint-Cloud»,
  foto © Jacques Henri Lartigue, 1913

Primera edición: abril 1984
Segunda edición: noviembre 2003

© EDITORIAL ANAGRAMA, S.A., 1984
  Pedró de la Creu, 58
  08034 Barcelona

ISBN: 84-339-1707-2
Depósito Legal: B. 45529-2003

Printed in Spain

Liberduplex, S.L., Constitució, 19, 08014 Barcelona

El dia 17 de noviembre de 1983, un jurado compuesto por Salvador Clotas, Juan Cueto, Luis Goytisolo, Esther Tusquets y el editor Jorge Herralde otorgó, por unanimidad, el I Premio Herralde de Novela a la obra de Alvaro Pombo *El héroe de las mansardas de Mansard*.

Resultaron finalistas, por orden alfabético, *El rapto del Santo Grial* de Paloma Díaz-Mas, *De cómo fue el exilio de Lázaro Carvajal* de Walter Garib, *El hijo adoptivo* de Alvaro Pombo, e *Impostura* de Enrique Vila-Matas.

A Paula

I

.

Todas las tardes el mismo trayecto en tranvía en dirección a La Luna, que era su café favorito. Tanto el doctor Vigil como su secretario envejecían en ese monótono recorrido, hablando siempre de lo mismo. De cómo para ellos, pese al trato diario con los dementes, ya no había en su trabajo cambios ni margen alguno para la novedad. Y de cómo la experiencia les había enseñado que la locura no era nada atractiva, sino más bien profundamente aburrida. Todos los días, a la salida del trabajo del manicomio, comentaban la falta de genialidad de los locos. Les gustaba hablar de esto en el tranvía. Luego, en La Luna, pedían una botella de anís del Mono y, antes de hablar de toros o de fútbol, bebían en silencio mientras recordaban las ilusiones perdidas. Todas las tardes, unos sorbos de anís para evocar los malos tragos de la vida. Todo monótono y gris, ligeramente nimio. Así iban pasando los días, con su parsimonia estéril y aplastante. Así llegó ese atardecer plomizo en el que el secretario, cansado de tanta monotonía y sintiendo avanzar hacia él esa línea de sombra que separa la juventud de la edad madura, mezcló calmantes con abundante orujo y no tardó en sentirse agradablemente drogado. Se le veía tan raro, que el doctor Vigil no tardó en sospechar algo.

—¿Qué le pasa, Barnaola?

El tranvía de la monotonía se deslizaba discretamente por las calles de una fría, polvorienta y espectral Barcelona.

—Nada, nada. Pensaba en el 2007.

Contestó esto, pero podría haber contestado cualquier otra cosa. Lo importante, para Barnaola, era levantar una columna de humo que impidiera la visión de su estado de perfecta ansiedad y disipación.

—Pero Barnaola, ¿cómo se le ocurre pensar en ese año?

—No es un año, doctor. Es uno de nuestros enfermos.

El doctor enarcó las cejas y movió la cabeza, pero no dijo nada, así que Barnaola prosiguió:

—Es el mendigo al que sorprendieron el año pasado robando vasos de bronce en el cementerio del Noroeste. No llevaba documento de identidad e ignoraba su nombre, había perdido totalmente la memoria y se comportaba como un perfecto loco. En comisaría le fotografiaron de frente y de perfil y, tras tomarle las huellas digitales, nos lo enviaron a nosotros. ¿Le recuerda ahora? Le conocemos por el 2007, porque no tiene nombre.

El doctor Vigil no podía recordarle, entre otras cosas porque, aun siendo el director del manicomio, desconocía a la mayoría de los internados. Hacía ya muchos años que se había desinteresado de sus súbditos.

—Ha pasado más de un año —continuó Barnaola— y el desmemoriado sigue igual, sin recordar quién es, ni quién fue, ni nada de nada. Eso sí, come abundantemente, y goza de una salud de hierro. A este paso vamos a tener que alimentarle veinte años más. Creo que deberíamos hacer algo.

Barnaola confiaba en que el tema interesara al doctor lo suficiente como para que no reparara en su estado de evidente excitación y progresivo delirio.

—Algo —dijo el doctor—, algo haremos, pero usted debería saber que detesto hablar de estas cosas fuera del trabajo.

Barnaola tenía los ojos cada vez más desorbitados y, queriendo escapar de la mirada inquisitiva del doctor, dio media vuelta sobre sí mismo, sin poder evitar un aparatoso empujón a un pacífico viajero. Entonces, para disimular, siguió hablando del 2007 y dijo:

—Podríamos publicar la foto del desmemoriado en *La Vanguardia*. Quizás alguien le reconozca y así nos libramos de él. Una boca menos en el hospital ayudaría a nuestra economía. ¿No le parece, doctor?

Barnaola pensó que esto último tenía que haber sonado, sin duda, muy razonable, ya que, además de secretario del doctor, era el contable del hospital.

—Bueno, mañana hablaremos de esto —dijo el doctor tratando de zanjar el asunto al ver que se acercaban a La Luna y al reconfortante anís cotidiano, que era lo único que le interesaba.

—Mañana —puntuó Barnaola puntilloso.

—Sí. Mañana y que no se hable más —dijo el doctor en un tono muy agresivo y autoritario del cual, a los pocos segundos, habría de arrepentirse, al creerse el causante de que, al descender del tranvía y, justo enfrente de su café favorito, Barnaola quedara hecho un ovillo al pie de la escalerilla por la que resbaló pensando que iba directo al abismo.

Iba tan sólo delirando, pero el doctor Vigil no llegó ni a imaginarlo y, al día siguiente, en el despacho, se sentía el único culpable de aquella caída. Estaba el doctor sentado ante su mesa de trabajo intentando resolver un crucigrama cuando, de pronto, creyó intuir que, desde la mesa contigua, Barnaola, que estaba sumido en un radical mutismo y exhibía un pie vendado, le lanzaba miradas de infinito reproche. Queriendo el doctor congraciarse con su secretario y contertulio, mandó llamar a su despacho al 2007, un número y un enfermo del que Barnaola ya se había olvidado.

Esperando la llegada del desmemoriado y en vista de que el silencio seguía siendo tenso, el doctor se dedicó a disertar acerca de la manía de robar vasos funerarios. Barnaola le escuchó con paciencia, convencido de que oía una extraordinaria sucesión de disparates y frases hechas. De pronto, al ver que el desmemoriado asomaba su cabeza por la puerta del despacho, el doctor carraspeó y, elevando el tono de su voz, concluyó:

—Ir a los cementerios me parece una afición morbosa. Tienen, ¿cómo lo diría yo?, un color ocre, como las selvas. ¿No le parece, Barnaola?

El desmemoriado se quedó mirándoles sin expresión, con una actitud muy neutral, bastante tranquila, sin otro signo visible de trastorno mental que el de su inmovilidad en el umbral. Parecía impresionado por la alfombra del despacho.

—Pero, hombre, pase —le dijo el doctor en un tono que pretendía ser amable. Y el desmemoriado, tras lanzar una extraña mirada a la alfombra, avanzó lentamente hacia el interior del despacho.

Tanto al doctor como a Barnaola les sorprendió cierta distinción y elegancia en el 2007, en claro contraste con lo que podía esperarse de un mendigo y ladrón de vasos funerarios. Le vieron hincharse de aire, dilatar los ojos, apoyarse contra la pared y sentarse en un sillón, donde se reafirmó en su total ignorancia del pasado. A todas las otras cuestiones fue respondiendo con exquisitos silencios. Tanto hermetismo acabó malhumorando al doctor que, a base de veladas amenazas, trató de que el desmemoriado recordara algo o, al menos, fuera más explícito. Vana tarea. Al desmemoriado sólo parecía atraerle el dibujo de la alfombra del despacho: las almenas de un castillo en una bruma dorada.

—¿Ve usted algo en ellas? —preguntó el doctor, tratando de sonsacarle algo.

—Créame que lo lamento, señor, pero yo nunca veo nada —dijo, respetuosa y tranquilamente, el desmemoriado.

—¿Pretende decirme que a mí tampoco me ve? —preguntó el doctor, perdiendo ligeramente la calma, incómodo ante la imprevista dignidad gestual del desmemoriado.

—A usted le veo perfectamente.

—¿No ve que se contradice?

—No. No lo veo.

El desmemoriado, con su distinguido gobierno de la situación, comenzó a sacar ya definitivamente de quicio al doctor; éste, además, tenía la impresión de que aquella tranquilidad del 2007 no era muy fiable, ya que no había la menor indiferencia en ella, y más bien podía pensarse en una tranquilidad subversiva. El desmemoriado podía estar burlándose. Del manicomio como institución, por ejemplo. El doctor Vigil era incapaz de sospechar que pudieran reírse directamente de él. Después de todo, él no era una institución. Quizá por eso se puso tan violento. Miró fijamente al desmemoriado e intentó asustarlo:

—Ahora mismo, por su propio bien, va a recordar quién es usted. De lo contrario, le enviaré a la celda de castigo. Ya está bien de cuento.

El desmemoriado ni se inmutó. Extrajo de su bolsillo una cajetilla de Ideales y le ofreció un cigarro al doctor. Barnaola, sorprendido, se sintió obligado a intervenir y le preguntó al desmemoriado de dónde había sacado aquel paquete, pero éste no contestó y siguió ofreciendo el cigarro al doctor, que llegó al límite de su paciencia y dijo:

—¡Basta! Usted es alguien. Ahora mismo voy a fotografiarle. Y aparte de una vez los Ideales.

En ese momento apareció Jeremías por la ventana. Dos ojos rufianescos en medio de una blanca cascada de cabellos. Era el único loco que gozaba de libertad de movimientos, el más veterano del manicomio y un gran amante del espionaje. Ese día, al vérle, Barnaola se levantó con la intención de instarle a que dejara de espiar, pero Jeremías se anticipó a la orden y desapareció hablando consigo mismo. Barnaola, con cierta sensación de alivio, volvió a sentarse, pero entonces observó que el doctor había aceptado la invitación del desmemoriado y estaba liando un cigarro. ¿Qué habría pasado? Los dos estaban mirándose fijamente, con cierta complacencia. De pronto, un brusco gesto del doctor interrumpió la calma y el silencio.

—Bueno, sígame —dijo—. Vamos a fotografiarle.

Y se dirigió hacia la puerta, seguido del desmemoriado, al que Barnaola ya no volvería a ver hasta tres días después, cuando salió la fotografía en las páginas de *La Vanguardia*. Al pie de la misma podía leerse:

«¿Quién le conoce?

Hallado el 7 de diciembre de 1951 en el cementerio del Noroeste. Ignora su nombre y apellidos, lugar de nacimiento y profesión. Habla correctamente el castellano. Revela cierta cultura y distinción, aunque en el momento de ser hallado vestía ropas de mendigo y se dedicaba a robar vasos funerarios. Aparenta cuarenta y cinco años y mide un metro setenta y dos centímetros.»

—Sinceramente, creo que se ha tomado demasiado interés en este asunto —le comentó Barnaola al doctor en cuanto vio la fotografía del desmemoriado en el periódico.

El viento movía en el despacho las cortinas y dejaba ver los polvorientos alrededores del manicomio.

—Lo hice únicamente por complacerle. ¿Cómo se atreve ahora a criticar mi iniciativa? —protestó el doctor.

—Francamente, le creía más perspicaz. El día en que le hablé de todo esto yo estaba... No sé si podrá creerme. Había mezclado orujos con calmantes, y estaba delirando. Y la verdad es que la experiencia no pudo ser más deplorable.

—¿Deplorable? —preguntó el doctor, impávido, simulando que no le había sorprendido la confesión de su secretario.

—Sí. Porque al principio no veía nada más que un salón en el fondo de un lago. Después, pasé a ver torres que se deshacían en la luz y una espuma roja que sostenía ciudades de hielo. Y finalmente, en el tranvía, la ciudad desapareció y le veía a usted en lo alto de una catedral helada, teñido completamente de azul prusia.

—Comprendo —el doctor le siguió la corriente—. Poca cosa y, para colmo, nada interesante.

—Exacto. Para ver cuatro cosas extravagantes no merece la pena escapar a la rutina. Al principio, no quise que usted se diera cuenta de que yo estaba delirando. Por eso, y tan sólo por eso, le hablé del desmemoriado. Me daba apuro que me viera usted tan mal y decidí despistarle con cualquier tema que le entretuviera. Pero ahora creo que le despisté demasiado. Usted se ha tomado en serio el caso, y con su iniciativa lo ha complicado todo. Porque este asunto del desmemoriado, ya lo verá, no ha de traernos más que trabajo y neuralgias. Y si no, al tiempo.

Barnaola no se equivocaba. En los días siguientes, a finales de aquel frío diciembre de 1952, una avalancha de cartas y de visitas cayó como la peste sobre el manicomio. Eran familias de toda España, que aún mantenían la esperanza de reencontrar a sus muertos. Y el doctor y Barnaola llegaron a la Nochevieja abrumados por el excesivo trabajo, ce-

lebrando la entrada en el nuevo año completamente amargados, culpándose mutuamente de tan torpe
e innecesaria iniciativa.

II

El doctor Vigil era un caballero inútil, de aspecto desgarbado y nada pulcro, ínfimo bigote en una cara difuminada bajo un pelo gris mortecino, viudo y mezquino, además de eterno soñoliento. Le faltaban escasos meses para alcanzar la meta soñada: su jubilación. En su juventud, al heredar una modesta cantidad de dinero, se había creído el dueño del mundo y había viajado a París con la intención de casarse con una condesa rusa que sólo existía en su imaginación. De regreso a Barcelona se había casado con su novia, una modista que no le dio hijos y a la que, a causa de éste y otros muchos motivos, siempre detestó; pasó veinte años revoloteando en torno a ella, planeando envenenarla lentamente con arsénico, sentándose siempre a la mesa antes de tiempo, viviendo cada vez con más adelanto de tanto que se aburría. Era uno de esos hombres que apenas tienen iniciativas, por temor a que éstas le compliquen la vida indefinidamente. No es de extrañar que estuviera aterrado ante el asunto del desmemoriado, pues empezó a pensar que no tendría un rápido desenlace. Por eso se llevó una notable sorpresa cuando de pronto se dio cuenta de que el asunto podía tener un final no sólo inmediato sino, además, feliz. Fue al recibir la visita del notario Juan Bruch, antiguo compañero suyo en el colegio. A diferencia de otros visitantes que acudían al hospital con una vaga y remota esperanza de reencontrar al familiar desaparecido, el notario había reconocido a su hermano en la fotografía de *La Vanguardia*, y tan sólo albergaba unas pequeñas dudas.

El doctor se alegró no sólo de estar cerca de la resolución del caso sino también de haber podido hacerle un favor a su antiguo amigo. El notario había sido su compañero más admirado, un párvulo inolvidable, y, más tarde, el único joven cuya carrera universitaria le había deslumbrado. De lejos y sin atreverse a decirle nada, el doctor Vigil había ido siguiendo los pasos, siempre brillantes, de su único mito. En el origen de esta secreta admiración estaba la fuerte e inolvidable impresión que al doctor le había causado en la infancia el descubrimiento de la casa de los Bruch, un acontecimiento que nunca había dejado de evocar: fascinante penetración con la mirada a través de la intrincada selva de troncos, ramas y follaje hasta entrever el extraño y agudo perfil de la mansión señorial y, detrás de ella y mucho más allá, al margen de un claro, la mancha gris del campo de tenis, justo al lado del

imponente panteón familiar, donde dos niños jugaban felices. Eran su amigo y admirado Juan y el
hermano menor de éste, el pequeño Ramón Bruch.

Descubrimiento espectacular de la felicidad que
le deslumbró en la infancia hasta el punto de que,
durante años, siguió, a distancia y con esa secreta admiración, la ejemplar carrera profesional y la atractiva vida de su antiguo compañero de colegio: una
vida feliz, sólo empañada por la pérdida de su hermano menor, Ramón Bruch, escritor desaparecido
a orillas del Volga, en el curso de un encarnizado
combate de la División Azul.

—Podría ser mi hermano —dijo el notario a la
salida de su entrevista privada con el desmemoriado—, porque no cabe duda de que el parecido fí-
sico es notable. Yo diría que rotundo, de no ser
porque le falta una cicatriz en la mejilla. Eso inva-
lida el parecido. Además, mi hermano era algo más
alto. Pero me recuerda tanto, tantísimo, a Ramón,
que francamente me siento muy confundido. No se
extrañen si vuelvo a visitarles. Vendré con la viuda.
Ella no sabe nada de todo esto, porque no he que-
rido darle falsas esperanzas. Pero, tal como están las
cosas, no voy a tener más remedio que recurrir a
ella para salir de dudas.

El doctor Vigil quedó pensativo, sin duda de-
seando con todas sus fuerzas que el desmemoriado
fuera aquel niño feliz al que, cuarenta años atrás,
había visto furtivamente bajo el sol a la puerta del
mausoleo de los Bruch: desvaída y lejana imagen

que probablemente asoció, sin poder evitarlo, con otra más nítida y reciente: la de un mendigo, a la luz de la luna, robando vasos funerarios en un cementerio, en la noche fría de Barcelona.

Lo que menos podía esperar el doctor era que, a las pocas horas, el desmemoriado le entregara un pliego de cuartillas dirigidas al notario. Barnaola y el doctor, llenos de curiosidad, leyeron inmediatamente, y no sin cierto asombro, la carta:

«Adiós, corazón generoso. Adiós, alma noble, que vino hasta mí confiando en abrazar al hermano perdido. En vano intento recordar a mis seres queridos. Todo inútil. No sé quién soy. Quizá mi nombre se perdió en lejanas tierras rusas que no acierto a recordar. Sea como fuere, jamás olvidaré la fuerte impresión que sentí al verle.

»Me dijo usted que su hermano amaba la música. Y yo la adoro, aunque en ocasiones la temo, porque me conduce siempre, irremediablemente, al llanto. Me dijo que su hermano fundó una revista y escribió varios libros. Y yo, perdone la presunción, me siento como vinculado al mundo de las letras. Me dijo que su hermano amaba el trabajo, la reflexión y el estudio. Y yo siento una constante e imperiosa necesidad de leer y pensar. Me dijo que su hermano era profundamente religioso. Y yo me considero un humilde católico, apasionado en los últimos tiempos por la lectura de la Biblia. Me dijo que su hermano solía pasarse la mano por la frente, como tratando de desvelar sus pensamientos. Y yo también tengo esa costumbre. Su hermano tenía mis ojos, mis labios, mis manos, mi calvicie, mi mentón, mi voz. Y le apasionaba el mar, como a mí...

»Adiós, señor. Sea o no sea usted mi hermano, nunca olvidaré esa maravillosa hora pasada en su compañía. Recuerdo que mientras hablábamos olvidé, por unos momentos, mi terrible desgracia, mi angustiosa soledad. Y cuando le conté ese sueño que en mí tanto se repite (el universo convertido en un almacén de antifaces), me impresionó su emoción y respetuoso silencio.

»No quisiera despedirme sin que sepa usted que me ha devuelto el alma, aunque siga yo sin saber quién soy ni a quién pertenece ese alma. Ya no nos veremos más, pero esos instantes pasados a su lado difícilmente podré olvidarlos. Le saluda con todo afecto y la mayor consideración y respeto hacia su persona

El desconocido.»

Cuando a la mañana siguiente, en el salón de su casa y en presencia de Barnaola, el notario concluyó la lectura de la carta, parecía oprimido por una angustia infinita. Se levantó para cerrar la ventana de donde entraba un nauseabundo olor a establo de la vaquería de la planta baja. Luego se dio cuenta de que también el balcón estaba abierto y lo cerró de golpe, con gran brusquedad. Se sentó en un sillón y, hablando muy pausadamente, emocionado, le dijo a Barnaola que sentía todas las palabras del desmemoriado como un estigma en su frente y que no podía seguir indiferente ni un minuto más. Su hermano le necesitaba. Sí, su hermano. Porque ya no le cabía la menor duda. Era Ramón, su hermano, quien le había escrito. Dobló la carta y la introdujo en el sobre rasgado que cuidadosamente cerró, mientras pedía a Barnaola que le acompañara a la casa de la viuda, la señora Bruch.

Aquella mañana, Barnaola tenía la rara sensación de que una de entre las múltiples imágenes que se cruzaban en su camino iba a resultarle, por oscuros motivos, inolvidable. Bastaba con que supiera seleccionarla, desligarla para siempre del resto de las imágenes. Y así lo hizo. Al entrar en el comedor de la torre del Paseo de San Gervasio, la primera impresión que recibió de la señora Bruch se convirtió, para él, en una instantánea que recordaría siempre: ajena a la gran noticia que le iba a ser comunicada, la señora estaba increíblemente inmóvil, sentada en el taburete del piano, con los brazos cruzados y la frente arrugada, afligida, mordiéndose el labio inferior. Estaba tan exageradamente quieta, que Barnaola habría creído que el tiempo se había detenido de no ser porque el notario se aproximó a ella y, tras susurrarle al oído la noticia de la reaparición en vida del marido, le entregó la carta de éste en medio de una extraordinaria emoción y silencio. La señora, temblando, tomó la carta y la leyó como una exhalación. Después, reprimiendo el llanto, dijo con atropelladas palabras:

—Es su letra, qué duda cabe. Y es su espíritu. El espíritu de la letra es inconfundible. Es una carta de Ramón, de mi Ramón.

Y rompió finalmente en llanto, conmoviendo aún más al notario que, a su vez, no tardó en conmover por teléfono al doctor Vigil. Una hora después, estaban todos en el manicomio, dispuestos para el reconocimiento oficial. La señora, por un extraño consejo del notario, iba vestida y peinada como en aquel día de invierno de los años cuarenta en que vio, por última vez, en la estación de Francia, a su marido. Por otra parte, el doctor Vigil, al verla vestida de aquella forma, se animó a inventar la que creía que podía ser la puesta en escena más adecuada para el reconocimiento oficial. Dijo el doctor que era muy importante coger por sorpresa al desmemoriado en el pabellón y provocarle un choque emocional que le hiciera perder, de golpe, la amnesia. Se trataba, pues, de aparecer por sorpresa ante el desmemoriado y que éste reconociera, de inmediato, a su esposa. A Barnaola le sorprendió que todos dieran por hecho el que la señora iba a reencontrar a su marido, pues él aún tenía sus dudas y se preguntaba, por ejemplo, cómo era posible que las cicatrices en las mejillas desaparecieran en Rusia.

El grupo compuesto por la señora, el notario,

Barnaola y el doctor enfiló varios corredores, cruzó la sala de actos, la cocina y el patio de arena y, finalmente, por un camino rodeado de alambradas y ortigas, fue aproximándose al último pabellón del manicomio, donde podía verse camas atornilladas al suelo en las que había hombres, sentados o echados en ellas, vestidos con batas azules, solos y desesperados, los locos.

En total eran cinco en un pabellón de seis camas. En la más próxima a la puerta se encontraba Blume, que se creía un aventurero entre rejas y estaba hablando de navegaciones, de azares en los burdeles portuarios, de cargamentos preciosos, de muertos infames y de calaveras bordadas en pabellones de seda negra. Era epiléptico y sus frecuentes ataques solían exasperar a Rubio, que vertía sobre él toda su ira y el contenido de los orinales, convirtiéndole en una bestia húmeda a la que sacudía en las sombras. Rubio, que había sido carbonero, se creía el guardián y sólo conocía el lenguaje de los puños y masacraba cuando quería a Ferrer, tal vez porque la locura de éste consistía en un temor tan grande a todo que nunca quería moverse por miedo a que sucediera algo, y pasaba el día inmóvil, con los ojos desorbitados por el terror, sabiendo que sólo se movería, y lo haría muy lentamente, cuando le golpearan. Junto a él, en la cama del fondo, se hallaba Moré, siempre excitado y tenso, en espera de no se sabía qué acontecimiento. Bastaba el menor ruido para que levantara la cabeza y se envolviera en su bata mientras esperaba atento, temblando con todo el cuerpo, convencido de que, de un momento a otro, iba a suceder algo.

El quinto y último habitante del pabellón era el desmemoriado. Se hallaba tumbado en su cama y, al oír la llegada de gente, se incorporó con nervio y miró a través de una de las ventanas enrejadas. Al ver a la señora Bruch, se tapó la cara y dio un gran grito de dolor, como de animal herido, al tiempo que la señora se adelantaba a la comitiva y, entrando en el pabellón, caía de rodillas al suelo, apretando entre las manos un rosario y dando las gracias al cielo por la gran dicha que le había sido concedida.

Interrogado brevemente por el doctor, el desmemoriado dijo que sufría mucho ya que no podía reconocer a la señora, pero que, nada más verla, había sentido una extraordinaria emoción, algo que le venía de muy lejos y de lo más profundo de su ser, una sensación indescriptible.

Al oír esto, la señora se abalanzó sobre él llamándole por su nombre, llorando e implorándole que recordara. El desmemoriado, con lágrimas en los ojos, la miraba fijamente mientras la acariciaba.

Entretanto, el doctor Vigil estaba ya planeando cómo cumplimentar de la forma más rápida los trámites burocráticos que permitieran al desmemoriado reunirse, aquel mismo día, con toda su familia. Fue tanto el empeño que en ello puso y fue tanta la agilidad que supo imprimirle a los trámites, que a las pocas horas el desmemoriado estaba ya fuera del hospital y partía en compañía de la señora hacia San Sebastián, el escenario de su antigua luna de miel y el lugar idóneo para que él comenzara a recordar.

Tan fulminante desenlace dejó sumido a Barnaola en la más pura perplejidad. Yendo en tranvía hacia La Luna, se sumió en un mutismo radical mientras trataba de explicarse lo ocurrido. De noche, en la casa que compartía con su hermana, no podía estarse quieto ni un solo instante, tampoco podía sentarse, tal era su inquietud. Apenas pegó ojo en toda la noche y, cuando por breves instantes se quedó dormido, fue transportado por una mano invisible a un espacio que desparramaba una polifonía de voces y de palabras. Luego, todas las palabras, confundidas, quedaban trenzadas en una frase. Y la frase, descomunal, parecía absurda y quedaba suspendida sobre la Diagonal de Barcelona. Después, sintió que recobraba un sentimiento infantil: como si todos los parientes desaparecidos se hallasen de nuevo en casa.

Al día siguiente, *La Vanguardia* publicaba la noticia de la reaparición y segunda luna de miel del olvidado profesor Bruch, autor de varios libros sobre pensadores cristianos. Para refrescar la memoria de los lectores, *La Vanguardia* publicaba una foto del escritor junto a su amigo Eugenio Montes y recordaba la filiación falangista del heroico profesor desaparecido junto al Volga. Esa noticia

34

trajo como consecuencia una carta anónima dirigida al doctor Vigil:

«Han sido ustedes víctimas de un engaño. Ese profesor Bruch se llama en realidad Claudio Nart. Fue tipógrafo en su juventud y extorsionador y ladrón de vasos funerarios en los últimos tiempos. Consulten huellas digitales en poder de la policía. Como es un canalla prefiero ni verle, pero sepan que se ha burlado de ustedes como un día se burló de mí. Lo digo plenamente convencida, pues da la casualidad de que es mi marido.»

—¿Y ahora qué? —preguntó Barnaola al doctor, sabiendo que le martirizaba. En efecto, una horrible expresión atravesó por un momento las facciones aparentemente venerables del doctor.

—Ahora nada —contestó—. No voy a interrumpir una maravillosa luna de miel sólo porque alguien, tratando de burlarse de nosotros, nos envía un anónimo envenenado.

—¿De verdad que no cree ni una palabra de lo que dice ese anónimo?

—Ni una palabra. Ese hombre es el profesor Bruch. Su mujer le ha reconocido, su hermano también. ¿Qué más quiere? Me pone usted nervioso, Barnaola. No entiendo ahora su empeño en prolongar toda esta historia. Es más, hace tiempo que noto en usted ciertas rarezas. No me sorprendería que usted mismo fuera el que hubiera escrito ese anónimo. Le veo totalmente capaz.

Lo que Barnaola ya sabía y el doctor todavía desconocía era que, a primeras horas de la mañana, la policía había recibido el mismo anónimo. En la comisaría de Vía Layetana habían cotejado las huellas digitales del desmemoriado con Claudio Nart y eran, sin lugar a dudas, idénticas. Claudio Nart había sido, en efecto, tipógrafo y había abandonado su profesión para dedicarse al chantaje y al robo. Barnaola informó acerca de todo esto al doctor, pero éste no creyó una sola palabra de lo que le decía.

—¿Ha vuelto usted al orujo y los calmantes? —llegó a preguntarle, con una mirada de infinito desprecio.

Afortunadamente para Barnaola, en ese momento apareció en la puerta del despacho el comisario que acababa de interrogar a Lola Negro, la esposa de Claudio Nart.

El comisario era un joven principiante. Se quitó lentamente la gabardina y el sombrero. Sacó del bolsillo un pañuelo y eliminó la humedad de su frente. Pestañeó cuando el doctor Vigil le ofreció una copa de jerez. Como nunca en la vida el doctor había tenido una botella de jerez en el despacho, Barnaola se alarmó. La botella estaba guardada en el cajón superior del escritorio. Barnaola sabía que en el cajón inferior había un impresionante arsenal de revistas pornográficas y pañuelos acartonados, pero no podía sospechar lo de la botella. Llegó a pensar que desde hacía años aquel escritorio era la bodega secreta de un pornógrafo.

—¿Y bien? —dijo el doctor, muy molesto ante el nuevo rumbo de los acontecimientos. En ese momento pasó por la ventana Jeremías: dos ojos rufianescos en medio de una blanca cascada de cabellos.

—¡Ay! —dijo el comisario, aterrado ante aquella visión. Cuando se repuso del susto, comenzó a contar su entrevista con la autora de los anónimos. Lo hizo con pésima oratoria, sembrada de gratuitas blasfemias. Lola Negro trabajaba en una fábrica de jabón y vivía muy humildemente con su hijo en un piso del Pueblo Seco, muy cerca de las Atracciones Apolo. Según el comisario, era una pobre mujer arrepentida de sus fechorías comunistas en la Guerra Civil. Al parecer, hacía ya muchos años que no veía a su marido. Al encontrarse con la foto de éste en *La Vanguardia* y verle convertido en amnésico, no dijo nada para no perjudicarle. Más tarde, al saber que una mujer le había reconocido como su marido, tampoco quiso decir nada, porque supuso que era una de sus amantes del Barrio Chino que trataba de sacarle del manicomio. Pero cuando supo que la supuesta esposa era una mujer de buena familia, buena posición económica, decente y profundamente religiosa, no pudo tolerarlo y escribió los anónimos.

—La ley —concluyó pomposamente el comisario— dice que ese hombre está casado con Lola Negro, así que ésta no tiene ahora otra salida que reclamar a su marido. Es más, le hemos recomendado por su bien que presente la correspondiente denuncia. Eso significa que, dentro de unas horas, volverán a tener ustedes a ese condenado, supongo que por poco tiempo, hasta que la autoridad decida.

Tan inverosímil le parecía todo aquello al doctor que, en un desesperado y último intento de resistirse a aceptar la verdad, le pidió al comisario que se identificara como tal. Al cerciorarse de que estaba ante un policía, el doctor Vigil adoptó un aire muy contrariado. Después, se desmoronó.

—Mire eso —dijo, señalando con gran dramatismo a Barnaola un montón de cachivaches que había junto a la puerta abierta de un cuarto trastero del manicomio—. ¿Ve algo?

—Nada.

—¿Nada? Fíjese en esa vara. ¿La vio ayer? ¿No cree que ha cambiado de posición? Mire, mire lo que señala esa vara.

Barnaola sólo veía una vara entre un montón de cachivaches.

—Señala el pabellón del profesor Bruch —dijo el doctor, queriendo probablemente indicar que hasta las varas más insignificantes denunciaban la gravedad de la injusticia que iba a cometerse. Intentando fastidiarle aún más, Barnaola salió del despacho y lentamente se dirigió hacia el montón de cachivaches. Allí, mirando sonriente al doctor, cambió de posición la vara, dejando que ésta señalara ahora la posición del sol.

III

Ya dije que Barnaola vivía con su hermana. Ella era oscura como la casa, lúgubres sus compartimientos, destacando, por lo excesivo, el inacabable pasillo en el que había acumulado todos los recuerdos de sus padres, muertos en extrañas circunstancias cuando, cumpliendo una promesa, peregrinaban a pie hacia el monasterio de Montserrat. En esa casa fue donde Barnaola aprendió a descubrir que la mentira puede convertirse en una gran pasión. Tardó en descubrirlo, pero cuando lo supo le pareció que había dado, por fin, con el más sublime de los placeres.

Su hermana se mostraba siempre muy interesada en el asunto del desmemoriado y lo vivía como la más emocionante de las historias de amor. Tanto era así, que había incluso dejado de escuchar su serial favorito de la radio. Cada noche, en cuanto su hermano aparecía por la casa, le asaltaba en busca de las últimas novedades sobre el caso. Barnaola, que venía de la pesadilla de tomar anís con el doctor Vigil, entraba de lleno en una pesadilla todavía peor, la de ser fiel narrador de unos hechos que, para colmo, le traían sin cuidado. Una mañana se rebeló y, sin saber cómo, descubrió que podía mentir y que aquello era extraordinariamente divertido.

Era un día de carácter distraído, extrañamente reluciente, de una luminosidad insólita en Barcelona y que casi impedía concentrar la atención. En el anticuado lavabo de la casa, Barnaola se sentía aquella mañana francamente bien. Sabía que uno podía estar allí a solas, huyendo del bullicio exterior y a resguardo del enojoso asunto del desmemoriado. No había existido en su vida ni un día, por muy pleno y feliz que fuera, en que no se las hubiera arreglado para sacrificarle algunos minutos en el lavabo o en el fúnebre pasillo en el que se detenía para obtener unos preciosos segundos de soledad. El lavabo, en concreto, le parecía el mejor sitio del mundo y le divertía que fuera tan antiguo, puro material de derribo que nadie derribaría mientras él estuviera allí. Se demoraba mucho en ese lavabo, donde su ocupaciones favoritas eran reflexionar sobre su secreto deseo de ser el sirviente de un gran señor o bien leer la revista *Ondas* y aprenderse de memoria alguno de sus reportajes. Sus estancias en el lavabo acababan siempre entre las ruidosas protestas de su hermana.

Esa mañana, Barnaola estuvo más de lo acostumbrado en el lavabo. Le obsesionaba una fotografía de Bobby Deglané, porque no sabía si éste se hallaba de pie o sentado. Sonó en la calle la música del afilador y Barnaola, movido por un misterioso resorte, decidió que el locutor estaba tumbado. Cerró de golpe, triunfalmente, la revista. Y mientras arreciaban las protestas de su hermana, estuvo mirándose en el espejo, triste máscara, secretario y humilde contable de treinta años, soltero, la frente un poco arrugada por el esfuerzo de soportar diariamente al doctor Vigil, el pelo moreno revuelto, la nariz de boxeador, que era lo único de lo que se sentía orgulloso.

Poco después, su hermana le avisó de que le llamaban por teléfono. Y como nunca le llamaba nadie, él salió precipitadamente al pasillo y allí tropezó con su hermana que, riéndose de él, le dijo:

—Pero qué bobo eres. ¿No ves que es mentira? ¿Quién quieres que te llame? ¿Tu novia? Mira, no es por fastidiar ni por nada, pero, hijo, es que te eternizas en el lavabo. Todos los días lo mismo. ¿Se puede saber en qué piensas ahí adentro?

Por un momento, Barnaola sintió la tentación de hablarle de su secreto deseo de convertirse algún día en el sirviente de un gran señor. Decirle a su hermana que su máxima aspiración era ser servidor doméstico, pues, para él, no había pasión comparable a la de servir, sobre todo si a quien se servía era a un gran señor y no a un mugriento y piojoso doctor. Pero no le dijo nada, porque temió no ser entendido. Pasaron los dos al comedor, que era un cuarto estrecho, con una ventana que daba a un lamentable patio. Frente a la ventana se levantaba un aparador de nogal negruzco con estantes, sobre los cuales lucían baratijas de porcelana y vidrio, y copas y vasos en hilera. Los muebles, los cuadros, la mesa, todo estaba en aquel cuarto muy sucio, como si el polvo de muchos años se hubiese depositado sobre los objetos unido al sudor de unas cuantas generaciones de catalanes discretos.

Como todos los días, Barnaola se disponía a iniciar el rito del desayuno. Solía entrar en el comedor con aire rígido y severo. Perfectamente rasurado, oliendo a colonia barata y arrastrando las zapatillas. De pronto, inesperadamente, llamaron al teléfono. Perdió toda su rigidez.

Será del asilo, dijo su hermana, que trabajaba en los Hogares Mundet.

Pero no. Era el doctor Vigil. La primera vez en la vida que llamaba a esa casa. Barnaola se quedó de piedra y, al principio, creyó que era una nueva broma de su hermana. Dejó el bizcocho y se acercó al teléfono como quien se acerca al patíbulo.

—Diga —dijo en voz tan baja que tuvo que repetir lo dicho.

Durante largo rato se oyó únicamente la voz del doctor que, al otro lado del hilo telefónico, no cesaba de hablar. Parecía cuestión de vida o muerte, pero en realidad lo único que el doctor quería era que esa mañana Barnaola no llegara tarde al trabajo, ya que tenían visitas. Barnaola preguntó qué clase de visitas, pero el doctor se negó a ser más explícito y colgó, dejándole tan desconcertado como ante la página de un libro escrito en un idioma desconocido, pues no entendió, además, por qué le instaba a ser puntual cuando toda su vida lo había sido, e incluso en la escuela había recibido numerosos premios por esta virtud.

—Este hombre, desde lo del desmemoriado que no es el mismo —comentó Barnaola. Estaba de pie, junto al teléfono de pared, y su hermana le miraba con ojos escrutadores.

—¿Qué te ha dicho? —preguntó ella convencida de que había importantes novedades en torno al caso del desmemoriado. Y fue entonces cuando Barnaola, no pudiendo ya soportarlo más, renunció a ser el fiel narrador de los hechos y, al mentir, descubrió que éste era el único placer comparable al de servir. Le dijo a su hermana que Lola Negro acababa de reconocer a su marido, el desmemoriado.

—¿A estas horas ya está ella en el manicomio? Qué raro —dijo la hermana, un tanto incrédula.

—Pues sí. Por lo visto, el portero de noche se ha dejado engañar y la ha dejado pasar. Ella ha ido hasta el pabellón y ha reconocido en el desmemoriado a su marido.

—No te puedo creer —dijo la hermana, creyéndolo todo al pie de la letra y mostrándose indignada, pues la única historia de amor que estaba dispuesta a aceptar era la de la señora Bruch, jamás la de Lola Negro, a la que consideraba una intrusa y una impostora.

Esa indignación de su hermana hizo feliz a Barnaola. Fue su primera gran alegría del día. La segunda, a la que se uniría cierta sorpresa, fue la de comprobar que su mentira se convertía en una rotunda realidad. Porque ese mismo día, a media mañana, llegó al hospital Lola Negro, acompañada de una nutrida comitiva familiar y de varios representantes de la policía.

Era Lola Negro una mujer muy tranquila, cuya calma parecía en perfecta consonancia con su cuerpo, de un grosor y una rigidez de tronco, con cara carnosa y bolsas de piel lacia debajo de los ojos, cabeza con pañuelo muy ceñido y apretado a las sienes, movimientos muy dosificados, palabra calmosa y admirable modestia, pies grandes para un cuerpo tan breve como recio y paciente. Se la veía tan poco combativa que nadie la hubiera imaginado vestida en otro tiempo de miliciana.

A Barnaola le pareció que Lola Negro era una esposa abandonada que en el desamparo había tenido que hacerse fuerte, y eso había sobrepasado sus fuerzas y la había convertido en un ser vulnerable, lo que ella sabía ocultar con una dignidad tímida bajo la que, con la más mínima ofensa, aparecía de inmediato un rostro de pánico, desvalido; capaz, sin embargo, de reaccionar con orgullo. Era muy fácil humillarla. Y muy difícil evitar que no contraatacara altiva cuando alguien pretendía hacerlo.

El doctor Vigil la ofendió y, a modo de respuesta y sin perder la calma, ella reaccionó con orgullo,

48

muy agresiva, ante la humillación de haber sido tratada como una resentida, obrera mentirosa, intrusa, perdedora de una Guerra Civil.

—Yo podré ser una infeliz, que lo soy, pero usted, doctor, es un insensato.

Pasaron a la sala de actos, y allí Barnaola tuvo la impresión de que Lola Negro se comportaba con la mayor sinceridad. Situada frente al desmemoriado, le reconoció en el acto y le preguntó, con voz tan dulce como amarga, si se encontraba bien. El desmemoriado respondió con el silencio. Y Barnaola se quedó perplejo, sin saber qué pensar de todo aquello. Tanto la señora Bruch como Lola Negro se comportaban ante su supuesto marido con absoluta normalidad. Parecían sinceras las dos, y sin embargo una de ellas mentía.

—¿No me reconoces, Claudio? —insistió Lola Negro.

El desmemoriado, que estaba sentado en un sillón giratorio, frente a una pared celeste, despostillada, de la que pendía un calendario con una Virgen de Murillo, parecía incapaz de reaccionar. En ese momento, entraron en la sala la señora Bruch y sus dos hijas, y discretamente tomaron asiento en un lugar de preferencia. Barnaola se preguntó quién las habría avisado.

—¿No me reconoces, Claudio? —repitió, una vez más, Lola Negro.

El desmemoriado, que en San Sebastián había empezado a asumir la memoria del profesor Bruch y recordaba ya algunas cosas (banalidades tales como el pastel de boda el chirimiri o el canto de un gallo al amanecer), se inclinó levemente hacia adelante y, con una serenidad que a Barnaola le pareció inversamente proporcional a sus más profundos sentimientos, dijo:

—Señora, usted se engaña. Yo soy el profesor Bruch.

Por unos instantes, Lola Negro titubeó y, retrocediendo unos pasos, dijo:

—Usted, señor, es mi marido.

Inmediatamente, la policía preguntó a Lola Negro por qué le había hablado de usted. Ella, con su expresión más desvalida, explicó que se había quedado momentáneamente desconcertada por el tono de voz del desmemoriado de un timbre más bajo que el de su marido. Eso la había confundido en un primer momento, aunque no le cabía la menor duda de que aquel hombre era su esposo.

Le tocó entonces el turno al hijo de Claudio Nart, un adolescente de aspecto frágil, que abrazó muy emocionado al desmemoriado.

—¿Dónde estabas, padre?

El desmemoriado se deshizo del abrazo emocionado interrumpiendo al adolescente con estas palabras:

—Ten fe, muchacho. Ten fe en la Divina Providencia. Del mismo modo que yo he encontrado a mi familia, algún día tú encontrarás a tu padre.

Asustado, el adolescente se retiró, medio lloroso,

hacia el lugar donde se encontraba su madre, mientras, al otro lado de la sala, la señora Bruch, temblando de ansiedad, iniciaba el rezo del rosario.

Le llegó el turno a Pedro Rey, tipógrafo y antiguo amigo íntimo de Claudio Nart. Cruzó toda la sala con gran decisión y cuando estuvo frente al desmemoriado le extendió la mano en busca de un efusivo saludo.

—¡Vengan esos cinco, Claudio! —le dijo.

Pero el desmemoriado, más hierático que nunca, se quedó observándole con perplejidad. Se produjo un momento de notable confusión y tenso silencio, sólo quebrado por el lejano susurro de las avemarías. Hasta que Pedro Rey, retirando la mano, con aspecto de no entender nada de lo que estaba sucediendo, dijo:

—Pero hombre, Claudio. ¿No estás cansado de tanta comedia? Deja de hacerte el loco.

El desmemoriado, impasible, respondió con absoluto aplomo:

—Yo soy el profesor Bruch.

—Pero, ¿qué dices, hombre?

De nuevo y con mayor solemnidad:

—Yo soy el profesor Bruch.

Pedro Rey se unió al grupo de los Nart como quien se une a la presidencia de un funeral. Ante el cariz de los acontecimientos, la policía hizo entrar en la sala a Aurora Suárez, prostituta del Barrio Chino, la mujer que había quedado citada con el desmemoriado la noche en que éste fue detenido en el cementerio del Noroeste. Era menuda, centelleante, nada atractiva ni discreta. La policía confiaba en ella, pues esperaban coger por sorpresa al desmemoriado, pero éste, más hierático todavía, observó con la mayor extrañeza a aquella mujer que se movía ante él.

—¿No te acuerdas de mí, de la Aurora? ¿No te acuerdas de cuando estábamos juntos?

—No recuerdo.

—¿No recuerdas nada?

—Yo soy el profesor Bruch.

Ella le habló de la noche en que él fue a robar al cementerio del Noroeste y ella estuvo esperándole en vano en la calle de las Tapias. Entró en uno y mil detalles, le recordó gestas y gestos íntimos, noches de lujuria y garrafones de absenta. Todo inútil.

—¿No te acuerdas? Soy la Aurora, tu putita.

—Por Dios, yo soy el profesor Bruch.

Anticipándose a la policía, el doctor Vigil, con una mueca de repugnancia, apartó a la mujer, llevándola fuera de la sala. En ese momento avanzó hacia el desmemoriado la hermana de Claudio Nart. Era una mujer que vestía de riguroso luto. Marchó muy decidida hacia donde estaba el desmemoriado y, tras mirarle fijamente a los ojos durante largo rato, dio media vuelta sobre sí misma y, dirigiéndose a la policía, hizo esta tajante afirmación:

—No hay duda. Es mi hermano.

Dicho esto, volvió al lugar del que con tanta decisión había salido. Al pasar junto a la señora

Bruch y ver su rostro compungido y lloroso, le dijo:

—No sabe cuánto la compadezco, señora. La veo tan desgraciada... Nosotros a él no lo queremos ni ver, pero, créame, es mejor que no se haga ilusiones. Ese hombre no es su marido, sino mi hermano.

La señora Bruch no contestó. Alzó la cabeza con orgullo y desprecio, la cara inmóvil insertada en un mapa mudo de España, permaneciendo así en silencio hasta que la hermana de Nart levantó la voz:

—Por mí ya se lo puede quedar.

Un policía dio unas palmadas para dar a entender que la sesión había terminado. Era tan evidente que la balanza se había inclinado del lado de los Nart, que incluso el doctor Vigil hubo de admitir que el careo había resultado nefasto para las pretensiones de los Bruch.

El doctor pasó el resto del día inmerso en lo que parecían profundas meditaciones. Atribulado, tembloroso, teatral. Inesperadamente soltaba:

—Pues yo...

—¿Qué? —le preguntaba Barnaola desde la mesa contigua del despacho, simulando que consultaba un fichero.

—Bah... nada...

Pero al poco rato volvía a la carga:

—Pues yo...

—¿Pues yo qué? —preguntaba Barnaola, simulando que trajinaba una carpeta de cartas nunca archivadas.

—Bah... nada...

Y así todo el día: el uno pensando en los intrincados caminos de la memoria humana, y el otro simulando que trabajaba. Al atardecer, ya en el tranvía, el doctor estaba como fuera de sí, jamás había estado tan apenado. Le contó a Barnaola que hacía unos días había despertado en la mitad de la noche tratando de recordar, uno por uno, todos los juguetes que de niño le habían regalado. No había logrado recordar más que uno solo, que, para colmo, nunca fue suyo. ¿No les sucedería lo mismo a los Nart? Barnaola tuvo que recordarle que el desmemoriado no era exactamente un juguete. El doctor quedó en silencio, desolado.

Afuera, el paisaje invernal de Barcelona reflejaba, en su transparente tristeza, la gélida alma de una ciudad de fugaces transeúntes que vagaban como almas en pena por las heladas calles avanzando en dirección contraria a la de sus sueños y a ese deseo que en aquellos días era tan común como inconfesado, el de la huida radical de aquella sordidez que había acumulado tanto silencio colectivo y tanto paso fugaz de gente congelada que atravesaba como fantasmas las calles de una ciudad inhóspita en la que ni tan siquiera el invierno parecía real. Eran días y años en los que nadie quería ser lo que era y todos en silencio deseaban huir de sus nombres y ser, a cualquier precio, otros, aunque para ello fuera preciso vender el alma al diablo, mudarse de cama y de enfermedad en una Barcelona que era el más gigantesco hospital.

Pensando en esto y viendo cómo estaban las cosas, Barnaola creyó que aquel día sería más oportuno no ir a La Luna, cambiar, al menos, de bar. Propuso al doctor una incursión en el café El Oro del Rhin, junto al Coliseum. El doctor, nada amigo de novedades, se lo pensó mucho, pero acabó aceptando, aún sin acabar de entender por qué motivo, de repente, debían alterar sus costumbres. Ya en El Oro del Rhin, el doctor tuvo la impresión de que, a diferencia de La Luna, allí todas las mesas estaban llenas de conspiradores. Mientras buscaban acomodo, oyó extrañas conversaciones sobre espadas, raros discursos sobre el inexorable paso del tiempo, rumores sobre una grave enfermedad de Stalin, sospechosas propuestas como la de erigir un monumento al tenista desconocido, risas maliciosas.

—Es un antro de intelectuales —sentenció en el momento de sentarse a la mesa menos acogedora del local.

—Tal vez —dijo Barnaola—, pero creo que nos convenía cambiar un poco de aires. Y a mí me parece que también nos iría bien cambiar de bebida. En lugar de anís, que es demasiado dulce y nos vuelve melifluos, hoy propongo que tomemos coñac.

—Ni pensarlo.

—Me gustaría saber por qué —dijo Barnaola, muy contrariado.

—Porque me gusta lo melifluo —sonrió el doctor—. Así de sencillo.

Y se quedó mirando con dulzura a dos niños

que jugaban aburridamente al tren por entre las mesas, uno haciendo de máquina y otro de vagón.

Al día siguiente tenían una descomunal resaca de anís y se hallaban enzarzados en una grave discusión en torno al carácter diabólico y resueltamente masón de El Oro del Rhin, cuando inesperadamente recibieron la visita del escritor Eugenio Montes, que en aquellos días se encontraba en Barcelona para dar una conferencia en el Ateneo. Iba acompañado de Julio Tejada, el jefe provincial del Movimiento. Los dos tenían prisa por ver al desmemoriado y comprobar si era o no el profesor Bruch, su antiguo amigo y contertulio, desaparecido en la División Azul.

Barnaola, soportando como pudo un dolor punzante que le acribillaba la mente, les acompañó hasta el último pabellón del manicomio. Allí, el panorama era, como de costumbre, desolador. El cuerpo de Rubio ofrecía un vago parecido con un animal al acecho antes del salto. A su lado tenía a Ferrer, muerto de miedo como siempre y observando de reojo a Moré que, en agudo contraste con él, se mantenía en estado de alerta mientras oía que Blume describía, con todo lujo de detalles, el arribo de un barco pirata, anunciado al alba con el vuelo de enormes cacatúas. Tumbado sobre su cama, al fondo del pabellón, el desmemoriado dormía. Los dos visitantes le pidieron a Barnaola que les dejara a solas con él.

—Como ustedes quieran, pero no les hablen a

los otros locos. Son muy pesados —dijo Barnaola. Y durante largo rato paseó su neuralgia por una breve huerta contigua al pabellón. Se entretuvo imaginando que se convertía en el mayordomo de Eugenio Montes. En una gran terraza de la futura Torre de Madrid le servía el aperitivo mientras le daba las últimas noticias sobre el renacido Imperio Español.

—Servidor —decía de vez en cuando. Y se sentía feliz. Soñó despierto hasta que los dos hombres reaparecieron, locos de alegría. No tenían la menor duda sobre con quién acababan de hablar. Era el profesor Bruch, indiscutiblemente. Un milagro del cielo.

—¿Están completamente seguros? —les preguntaba poco después, en su despacho, el doctor Vigil, emocionado ante el nuevo rumbo de los acontecimientos.

—Tan seguro como que me llamo Eugenio —intervino el escritor.

—Qué casualidad —dijo Barnaola, deslizando los dedos por los lomos sombríos de la breve biblioteca del doctor—. Yo también me llamo Eugenio.

Como esto no era cierto, el doctor Vigil quedó paralizado, hasta que, de pronto, rió de una forma un tanto desgarrada, pero a la vez desahogada, porque pensó que, en el fondo, poco importaba que su secretario encontrara gracioso cambiarse el nombre. Lo realmente importante era que la contienda entre las dos familias había vuelto a equilibrarse.

Pero la partida no podía terminar en tablas. Tarde o temprano, pensó el doctor, habría vencedores y vencidos.

IV

El Oro del Rhin se había convertido en una gigantesca pista y él se encontraba en pecado mortal bailando una pieza lenta con el doctor Vigil cuando despertó violentamente, justo en el momento en que se organizaba una obscena fila de conga. Todo eran hombres.

—Hoy he soñado algo preocupante —comentó Barnaola a su hermana al salir esa mañana del lavabo, requerido por una nueva llamada telefónica del doctor Vigil, que parecía empeñado en convertir en norma la interrupción sin escrúpulos de su matinal fiesta ante el espejo. El doctor le llamaba para volver a pedirle puntualidad, ya que ese día acudían al manicomio los Amaro. Barnaola ni se molestó en preguntarle quiénes eran éstos, ya que sospechó que podía tratarse de nuevos testimonios a favor de la señora Bruch. Y no se equivocó.

Los Amaro eran gallegos, marido y mujer, familiares del gobernador civil y antiguos amigos del matrimonio Bruch. Llegaron al hospital como un vendaval, sin cortesía ni gracia, mandones y grises, necios. Ella era una mujer de armas tomar y él un militar de alta graduación. Una pareja marcial.

—Siéntense por favor —les dijo el doctor Vigil, con una amabilidad que Barnaola juzgó excesiva.

Los Amaro, que eran un perfecto modelo de antipatía, dijeron que no iban a sentarse porque ardían en deseos de abrazar a su viejo amigo. En ese momento apareció Jeremías por la ventana. El loco más veterano parecía observarlo todo con interés desmesurado. Barnaola se levantó para instarle a que se fuera, pero, una vez más, él se anticipó a la orden y desapareció hablando consigo mismo. Barnaola volvió a sentarse, con cierta sensación de alivio, pero entonces ocurrió algo que le indujo a sospechar que el doctor Vigil estaba borracho.

—¡Siéntense! —ordenó el doctor a los Amaro—. Imagino que están ustedes de servicio, pero ¡supongo que no le dirán que no a una copa de jerez!

Barnaola salvó la situación ofreciéndose a acompañar a los Amaro al lugar donde se encontraba el desmemoriado. Durante el trayecto, mientras cruzaban en diagonal el patio de arena, los Amaro le preguntaron si el doctor estaba en su sano juicio. El les contestó que, en su opinión, el doctor estaba viviendo con excesivo celo e intensidad todo lo referente al caso del desmemoriado. Eso calmó a los Amaro, pero sólo por breves instantes, porque muy pronto comenzaron a asustarse ante lo que juzgaban una actitud hostil por parte de los locos que encontraban en el camino. Nada más absurdo, puesto que no eran locos, sino enfermeros que se limitaban a saludar educadamente. Por un momento, Barnaola temió que reapareciera Jeremías, el único loco que andaba suelto por el hospital, y que entonces sí cundiera realmente el pánico. Pero Jeremías y su cascada de cabellos blancos tuvieron el detalle de no asustar, es decir, de no aparecer.

Cruzaron la enfermería, saludaron a las monjas, atravesaron la sala de actos, la cocina y, tras enfilar largos corredores, llegaron al sector de las alambradas y las ortigas, más allá del cual, al fondo de todo, se hallaba el último pabellón del manicomio. El desmemoriado, nada más ver a los Amaro, dejó el libro de santo Tomás que estaba leyendo y, poniéndose de pie, tembloroso y sollozante, les abrazó emocionado.

—Les estaba esperando —les dijo el desmemoriado, y los Amaro, con una expresión neutra, manifestaron entonces su deseo de que Barnaola se retirara. Como éste no encontró argumentos para quedarse, se marchó en silencio, con paso lento y cabizbajo, mientras comenzaba a preguntarse si era posible un flujo de aire cálido entre fríos golpes de viento. Barnaola, a veces, se hacía preguntas de este tipo para combatir su aburrimiento cuando andaba solo por los patios y corredores de aquel siniestro hospital. En realidad solamente se encontraba a gusto en el despacho, absorto en sus pensamientos, espiando los crucigramas del doctor o imaginando que viajaba en tren entre dos estaciones anónimas.

Cuando llegó a la puerta del despacho encontró a Jeremías, más despeinado que nunca. Como de costumbre, estaba dedicado a espiar.

—¿Puede saberse qué estás haciendo aquí? —preguntó Barnaola.

—Espiar —fue su diáfana respuesta.

Entonces, para sacárselo de encima y sabiendo además que Jeremías estaba mucho más cuerdo que la mayoría de la humanidad (por eso tenía incluso permiso para salir del hospital cuando quisiera y todos confiaban en que algún día no volviera), le encargó que espiara al desmemoriado y le mantuviera puntualmente informado de todo cuanto averiguara sobre éste.

—¿Y qué he de averiguar? —preguntó Jeremías.

—Tú sabrás —le respondió Barnaola.

—Ya —dijo con su sonrisa más inteligente.

Y se fue, contento de su nueva misión, no sin antes profetizar que tal como estaban las cosas, todo el embrollo del desmemoriado no podía terminar más que en un juicio. Salomónico, sentenció. Y en esto fue a coincidir con la opinión de la hermana de Barnaola, que no sólo estaba cada día más interesada en el asunto del desmemoriado, sino también cada vez más despistada respecto a lo que realmente ocurría, ya que las mentiras de su hermano habían ido en considerable aumento, hasta el punto de que éste había llegado a contarle que la señora Bruch no había perdido el tiempo en San Sebastián y había quedado embarazada del desmemoriado.

Lo sorprendente es que, a los pocos días, esto resultó ser cierto. La señora esperaba un hijo del desmemoriado. Barnaola se preguntó si en vez de mentiras no engendraba profecías que, además, se cumplían con asombrosa rapidez. Satisfecho de sí mismo, duplicó el número de sus mentiras diarias. Llegó a inventar terremotos en Madrid, convencido de que era la forma más cómoda de destruir una ciudad a la que, por considerarla huera y ruín, odiaba.

Lo cierto es que la noticia del embarazo confirmó otra profecía, en este caso la de Jeremías. Tanto los Nart como los Bruch llevaron el caso a los tribunales de Justicia. Iba a ser, sin lugar a dudas, un juicio salomónico. De entrada, tuvo unos preparativos muy pintorescos, pues se decidió someter a pruebas culturales al desconocido, que ya no era, a efectos oficiales, al desmemoriado, pues había ido asumiendo paulatinamente la memoria del profesor Bruch y ahora recordaba los más intrincados párrafos de alguno de sus libros y, sobre todo, con gran profusión de detalles, hazañas bélicas en las estepas de la excomulgada Rusia. De la infancia, tan sólo recuerdos muy tópicos: una institutriz por ejemplo, limpiando bandejas de plata en un jardín romántico.

Barnaola sospechaba que en esta rápida recuperación de la memoria podía tener mucho que ver la inflexible y obstinada señora Bruch con sus visitas diarias al desconocido. Al contrario de Lola Negro, que tan sólo esperaba que se hiciera justicia (es decir, que enviaran a la cárcel a su marido), la señora Bruch no cesaba en su empeño en recuperar al hombre de su vida. Ella podía estar avivándole la memoria. Barnaola pensaba que tanto si la señora Bruch era una impostora como si simplemente se engañaba a sí misma, su actitud no difería mucho de la que suelen adoptar las mujeres en cualquier historia de amor. Son ellas, pensaba Barnaola, quienes eligen al que será su marido, y lo hacen con la misma decisión de la que hace gala la señora Bruch, así pues da lo mismo que ella sea realmente la esposa o no del desconocido. Estamos ante una historia de amor con todas las demás. Son ellas, seguía pensando Barnaola, las que toman a un hombre y lo convierten, aunque se hunda el mundo, en su marido. Después, le amargan el resto de sus días encerrándole en una cárcel hogareña de la que tan sólo pueden escapar si acuden a una mugrienta oficina en la que pierden la vida. Para que todo esto sea posible, ellas se autoconvencen, desde el primer momento, de que la víctima elegida es su marido y nada más que su marido. Poco importa el resto.

—Yo sé —decía la señora Bruch— que él es mi Ramón. El resto no cuenta. Desde el momento en que le vi, supe que estaba ante él. Poco importan las pruebas culturales o las huellas digitales. He estado en la intimidad con él y puedo asegurar que es mi marido. Lucharé hasta el final.

A la señora Bruch las pruebas culturales le eran, pues, indiferentes. Tal vez, pensaba Barnaola, porque está moviendo dinero e influencias suficientes como para no temer la pérdida del juicio. Pero cabía también la posibilidad de que temiera a estas pruebas tanto como al hecho contundente de las huellas digitales. Quizás la señora Bruch no era una impostora, ésa era otra posibilidad, aunque más remota. En ese caso, ella simplemente confiaba en el triunfo de la verdad. De cualquier forma, estaba claro que nada ni nadie parecía capaz de modificar aquella fuerza poderosa que a la señora Bruch le llevaba a luchar hasta el final por el triunfo de la que, engañada o no, era su convicción más íntima. Así las cosas, llegaron una tarde al manicomio los encargados de efectuar las pruebas culturales. Eran dos individuos pedantes, fofos y antipáticos, vestidos con trajes grises con manchas de grasa en ambos pantalones.

—Somos los peritos —dijeron pomposamente, la cabeza bien alta y el gesto grave, como si estuvieran convencidos de que las pruebas culturales constituirían una aportación decisiva en el juicio. Quisieron, de entrada, calibrar el nivel de inteligencia del desconocido y, siguiendo al pie de la letra las instrucciones del cuestionario Rocheteau, le preguntaron a bocajarro, entre sonrisas de necia complicidad, qué estaba pensando en aquel instante.

—En nada —dijo el desconocido—. Tan sólo en

castillos sin blasón y sin escudo, castillos tan anónimos como sus habitantes y sus súbditos.

Parpadearon confundidos los peritos y, en su ofuscación, recurrieron nuevamente al cuestionario Rocheteau, que era como la Biblia para ellos.

—¿La capital de Colombia?

Risa de suficiencia del desconocido y silencio absoluto.

—¿Lo sabe o no?

—No.

—¿Quién engendró a Palas Ateneas?

—Surgió de la frente de Zeus.

Desconcierto total en los peritos. Tras una larga hora de interrogatorio, redactaron el informe de la primera jornada y concluían así:

«Puede decirse, resumiendo, que ha contestado de la forma más caprichosa y desconcertante a nuestras preguntas. Lo que nosotros vemos, al término de esta primera jornada, es que pese a la maniobra de confusión puesta en escena por el interrogado, aparece claro que a la ausencia de algunos conocimientos que fueron profundamente connaturales al espíritu del profesor Bruch, se contrapone en el desconocido una serie de nociones que, casi seguro, eran ignoradas por el profesor Bruch.»

Barnaola mandó llamar a Jeremías por si entretanto había averiguado algo, y éste se presentó ante él riendo y diciendo que todavía reía, ya despierto, de un sueño que había tenido durante la noche. Barnaola le suplicó que no le contara el sueño y fuera directamente al grano.

—Ya —dijo Jeremías con su sonrisa más inteligente, y pasó a explicarle que el desconocido dedicaba muchas horas a la lectura de los libros que había escrito el profesor Bruch. Eso era todo cuanto podía decirle. Había tratado de ganarse la confianza del desconocido, pero éste se había dado cuenta de que le espiaba y no quería hablarle demasiado. Tan sólo en las últimas horas se había mostrado más locuaz y le había comentado que alguna de las preguntas que le habían hecho los peritos eran más apropiadas para un párvulo que para él.

—¿Y sabe que mañana no van a tratarle precisamente como un párvulo? —dijo Barnaola—. Le hacen nada menos que la prueba del piano.

—¡Oh! —exclamó Jeremías, que no había visto un piano en su vida, pero se sentía pianista—. Me gustaría presenciar esa prueba. ¿No sabe que yo soy la reencarnación de un pianista? Mire mis manos.

Barnaola le explicó que era imposible presenciar la prueba, ya que ni él mismo iba a poder hacerlo. Iba a ser efectuada en casa de la señora Bruch, y el doctor Vigil deseaba ser el único representante del manicomio. Tal vez porque deseaba pasearse a solas y cómodamente por los salones de sus admirados Bruch.

Al día siguiente, la prueba de piano iba a constituir un duro contratiempo para las aspiraciones de los Bruch. Se le dijo al desconocido que demostrara que había sido un buen pianista y que tocara alguna pieza de Mozart o de Schuman, pero él fingía no enterarse y se dedicaba a deambular por la casa, como si estuviera redescubriendo los rincones más recónditos, no sólo de su memoria sino también de su antiguo hogar. Finalmente, lograron sentarle ante el piano. Elevó entonces la mirada al techo como buscando inspiración, permaneciendo así largo rato, entre un tenso silencio y expectación, hasta que de pronto bajó bruscamente la mirada y con temblor de manos aporreó las teclas de la forma más abominable. Un trágico murmullo recorrió todas las estancias de la casa, y el rostro de la señora Bruch se transformó en la viva imagen de una perplejidad que no tardaría en desembocar en la desolación más absoluta.

A la vista de semejante descalabro, los Amaro, Julio Tejada, el notario Bruch, todos propusieron que se acelerara el curso de las pruebas y se efectuaran allí mismo las que faltaban. Confiaban en que el desconocido remontara la situación y contrarrestara la mala impresión causada. Los peritos culturales aceptaron la propuesta y pasaron a dictarle al desconocido el primer párrafo del libro que el profesor Bruch había dedicado a Guillermo de Ockam. Era la prueba caligráfica, cuyo resultado también fue negativo para las pretensiones de los Bruch,

70

pues los expertos dictaminaron, tras un detenido estudio, que la caligrafía del desconocido no guardaba la menor similitud con la del profesor y sí en cambio con la del tipógrafo Claudio Nart, aunque la letra aparecía como deliberadamente deformada.

Se inició entonces un extenso interrogatorio en torno a los libros que el profesor había escrito. Y el desconocido se lució hablando del ideario político de Falange Española, pero nada convincente se mostró a la hora de hablar de santo Tomás o de Pascal. Muy brillante, en cambio, cuando le tocó el turno a Peguy. Y fatal (un naufragio absoluto) cuando al hablar de Guillermo de Ockam lo confundió con el beato Marcelino Champagnat.

Aquí terminaron las pruebas. Los peritos dijeron que, lamentándolo mucho, se veían obligados a comunicar a la distinguida concurrencia que su informe final iba a expresar la sospecha, no confirmada plenamente, de haber estado interrogando al tipógrafo y no al profesor, aunque eso sí: procurarían no perjudicar excesivamente las esperanzas de los Bruch. El ambiente se volvió agrio e irrespirable. Aires de tragedia lo envolvían todo, mientras en medio del imponente silencio se oían hasta los quejidos del lejano tranvía nocturno. Fue entonces cuando el desconocido avanzó lentamente hacia la señora Bruch y, tomando sus manos con delicadeza, con lágrimas en los ojos, expresó su deseo de volver a aprender todo aquello que aún no recordaba.

Como si aprender fuera, para él, recordar, o vice-versa, recordar fuera la historia de un aprendiza-je: el aprendizaje del hombre de letras que preten-día ser.

V

A la espera del juicio, el desconocido comenzó a dibujar tortugas. Tortugas colosales, en cuyos caparazones podía verse siempre lo mismo: una destartalada avenida, pesada y pomposa, con oscuras tiendas y fachadas cargadas de balcones, frontis de estuco sucios, realzados con volutas y emblemas falangistas.

Cuando se cansó de sus dibujos pasó a escribir historias sobre un hombre que dibujaba tortugas. Escritas en cuadernos de música, esas historias reflejaban angustia, pero no la angustia entendida como un estado permanente, sino como un incesante acontecer, algo insoportable que acontecía sin interrupción alguna. En esas historias el argumento era siempre el mismo y estaba basado en la propia tragedia del desconocido: alguien, tras una pérdida temporal de la memoria, había vuelto a recordar su nombre y había reencontrado a su mujer y a sus hijas y volvía, de nuevo, a la escritura, pero la sociedad, cruel y estúpida, trataba de impedírselo adjudicándole nada menos que la identidad de un miserable delincuente. Como única salida, ese hombre se refugiaba en su arte y dibujaba tortugas.

No tardó en cansarse de contar siempre la misma historia, y entonces pasó a escribir lo que él consideraba sus memorias y en realidad no eran más que páginas y páginas en las que se evocaban recuerdos de guerra: descripción exhaustiva de batallas en el frente ruso, reflexiones sobre el mundo y el miedo de los soldados, diatribas contra los bolcheviques, disgresiones en torno a la belleza del Volga y al constante frío en las estepas, así como encendidas proclamas patrióticas. En suma, un documento incompleto sobre su vida, aunque muy posiblemente un texto que podía resultarle útil en el ya inminente juicio.

Faltaban ya pocas fechas para ese juicio cuando Jeremías, que se había convertido en un espía muy diligente, informó a Barnaola de que todas las noches, alrededor de las dos de la madrugada, el desconocido se incorporaba súbitamente en su cama y, tras contemplar extasiado el vuelo de sus ennegrecidas sábanas, salía sigilosamente del pabellón y se dirigía a la enfermería, donde cambiaba su bata azul por un traje de calle, corbata roja e impecable cinturón de piel de cobra; burlaba, luego, la vigilancia del cuerpo de guardia y del portero nocturno, todos dormidos a esa hora, y, atravesando de puntillas la densa y fantasmal penumbra de la portería, se dirigía a una olvidada puerta lateral del edificio que abría con una llave que sólo podía haberle facilitado el doctor Vigil, saliendo a la calle con paso ligero para regresar al alba con el aire más relajado y feliz del mundo.

Una noche, tras una soporífera cena de antiguos alumnos, Barnaola, movido por la curiosidad, dirigió sus pasos hacia el hospital. Eran casi las dos de la madrugada cuando se apostó en una esquina desde la que se divisaba perfectamente la puerta lateral del sórdido edificio del manicomio. Allí esperó largo rato, fumando cigarrillo tras cigarrillo hasta agotar la cajetilla y, por fin, alrededor ya de las tres de la madrugada, fue deslumbrado por la luz de los faros del coche de la señora Bruch, que, al verle allí apostado en aquella esquina, dio media vuelta y desapareció a la misma velocidad con la que había irrumpido en los polvorientos alrededores del hospital.

En ese instante salía a la calle el desconocido y, al observar la huida del automóvil, no tardó en averiguar la causa. Barnaola, en su esquina, se sintió algo avergonzado e incluso estuvo a punto de pedir disculpas por su intromisión, pero finalmente se comportó como un funcionario serio y responsable, preguntándole al desconocido, en un tono muy severo, quién le había dado las llaves de salida.

—Ahora no puedo explicárselo. ¿No ve que me espera mi señora? —dijo el desconocido.

Esta insolente respuesta molestó a Barnaola, que increpó duramente al desconocido llamándole farsante y advirtiéndole que podía haber embaucado al doctor, pero que no conseguiría hacer lo mismo con él. Se enzarzaron en una larga discusión, que habría podido no tener fin de no ser porque el desconocido sorprendió a su interlocutor, atreviéndose a proponerle una ronda nocturna por los bares, boleras y salas de billares de Barcelona. Era, para Barnaola, una propuesta inaceptable, pero pensó que si aceptaba y se ganaba, a lo largo de la noche, la confianza del desconocido, podía lograr que éste confesara su verdadera identidad. Iniciaron juntos una andadura nocturna, que Barnaola tardaría mucho en olvidar.

Barcelona siempre había sido, para Barnaola, una ciudad muerta, algo así como un gélido cadáver de pálidas avenidas y nichos morados, con pantallas de miseria y sombras furtivas, el hueco más lúgubre del universo. Pero esa noche de raro paseo junto al desconocido, Barnaola presintió, desde el primer momento, que podía descubrir otra ciudad. Y así fue. Contribuyó a ello el desconocido, que era, a todas luces, un ser encantador.

Andando despacio fueron perdiéndose por las tenebrosas y mortales avenidas de la ciudad, hasta llegar al discreto esplendor de una sala de billares, refugio de hampones que observaron con cierta extrañeza las refinadas evoluciones de Barnaola, ávido bebedor de coñac y alucinado testigo de las múltiples carambolas del desconocido, insaciable bebedor de jerez. Entre ambos parecían estar fundando

corrientes de simpatía para la amistad más durade-
ra. Y cuando cerraron el local y llegó la hora de
separarse, Barnaola quiso acompañar al desconocido hasta el manicomio. En animada y fluida conver-
sación fueron acercándose a las puertas del hospital y allí, frente al edificio, el desconocido estrechó
la mano de Barnaola y, a modo de despedida, le
dijo, con voz grave y pretenciosa, que la red de sus
arrugas se había enriquecido aquella noche y que
cada curva de su rostro dejaba transparentar la alegría por la amistad recién nacida. Barnaola se quedó
mirándole extasiado, realmente admirado de que el
desconocido fuera capaz de hablar de aquella forma, aunque no dejaba de llamarle la atención que
frases de este estilo se mezclaran con otras que po-
dían situarse en el polo opuesto: de un lenguaje cul-
to o reflexivo pasaba, con suma facilidad, a otro que
resultaba impropio del profesor que pretendía ser.

A Barnaola le resultaba tan dolorosa la separa-
ción, que acabó proponiendo continuar la velada en
su despacho y beberse, de paso, todo el jerez del
doctor Vigil. El desconocido esbozó un gesto de
desconcierto que pronto convirtió en una rotunda
expresión de alegría de la que rápidamente Barnaola
se contagió. Avanzaron por oscuros corredores, guia-
dos por la luz de una linterna, hasta llegar al despacho, donde reanudaron su feliz comunión con las
botellas y la noche.

Barnaola creyó llegado el momento de arrancar
una confesión del desconocido y le dijo, de repente,

que ya sabía que no era el profesor, pues éste, por ejemplo, no bebía, pero que, en cualquier caso, no pensaba decírselo a nadie.

—Pero es que soy el profesor. Lo que sucede es que en Rusia el frío y el miedo me empujaron al vodka —dijo el desconocido, poco antes de pasar a quejarse de que lo suyo era un auténtico calvario, pues intentaba que se le tomara por lo que él era, pero casi todo el mundo estaba empeñado en que era lo que no era. Dicho esto, le invitó a que se atreviera a visitar, a aquellas horas, el último pabellón del manicomio y comprobara con sus propios ojos cómo, a la luz de la luna, era aún más siniestro y patético aquel deplorable lugar.

Barnaola no supo negarse y, poco después, estaba ya frente al pabellón al que, en efecto, la noche le daba un carácter aún más sombrío. Ya de entrada, el techo herrumbroso, la derruida chimenea, los escalones podridos y cubiertos de hierba componían, a la luz de la luna, la imagen exacta de la más infinita desolación. Luego, en el interior del pabellón, Barnaola tuvo que escuchar las palabras del desconocido, que le hablaron de la ruindad humana, de la opresión que pisotea la verdad, de las rejas que en cada momento recuerdan la torpeza y crueldad de los opresores. Estas palabras, aunque susurradas al oído, restallaban como latigazos en la sensibilidad de Barnaola y a punto estuvieron de despertar al inquieto Moré, siempre al acecho, incluso cuando dormía.

—¿No encuentra muy sórdida la vida que se lleva en esta casa? —preguntó el desconocido, y Barnaola fingió que no oía, porque estaba a punto de reír de júbilo. Hacía años que esperaba esa pregunta y ahora que acababan de formulársela no deseaba otra cosa que estallar en una gran carcajada y confesar los más abyectos sentimientos que, últimamente, anidaban en lo más profundo de su ser. Soltó la carcajada y confesó que la sordidez le resultaba, a veces, atractiva, y que en él vivía oculto un deseo irrefrenable de huir de sí mismo, viajar a un país extraño y convertirse en el sirviente de un gran señor: recibir órdenes, sin tener que pensar en nada más que cumplirlas, permaneciendo lúcido, ligero y sereno, ajeno a los pensamientos.

El desconocido escuchó atónito la confesión, pero no movió un solo músculo de su cara, sino que continuó mirando fijo, casi ausente, al vacío. Barnaola comprendió que había llegado la hora de la despedida y se retiró pensando que, al término de aquella noche, las conclusiones a las que había podido llegar eran prácticamente las mismas a las que habían llegado los encargados de las pruebas culturales: el desconocido se comportaba, en ocasiones, como si fuera el profesor, y en otras como si fuera el tipógrafo. Era, en cualquier caso, alguien que había sabido descubrirle el calor de la noche y la amistad, de modo que proyectó seguir viéndole en noches sucesivas y divertirse nuevamente a su lado.

Aquella noche había sido extraordinaria. Iba pensando en esto cuando, al cruzar por la densa y fantasmal penumbra de la portería, miró distraídamente por la ventana y vio, con gran sorpresa, que en el patio de arena Jeremías y el desconocido se hallaban enzarzados en una violenta discusión.

Barnaola apenas podía creer lo que estaba viendo. Tropezó con un banco y, acompañado de gran estrépito, fue a caer a los pies del portero nocturno, no sin antes quitarle la gorra en su desesperado intento de agarrarse a algo para evitar la caída. El portero despertó de golpe y, al mirar al suelo, se encontró con una inesperada visión: a altas horas de aquella calurosa noche, el secretario del hospital estaba trastabillado a sus pies, jugando con la gorra, la mirada incrédula y el gesto necio. Con palabras casi incomprensibles, Barnaola inventó una disparatada excusa que, tras largas explicaciones, el portero se resignó a aceptar como verdadera, al tiempo que se comprometía a guardar silencio sobre el extraño incidente. Barnaola se puso en pie, le entregó la gorra y, pidiéndole una vez más que olvidara lo que había visto, salió visiblemente avergonzado del hospital.

Aquella noche, Barnaola durmió poco y muy mal. Comenzó soñando que El Oro del Rhin se había convertido en una gigantesca pista y que él se encontraba en pecado mortal bailando una pieza lenta con el desconocido. Al organizarse una obscena fila de conga, pasó a soñar que un ejército de misioneros evangelizaba Rusia, y despertó muy excitado creyendo que blandía un crucifijo frente al Palacio de Invierno. Y pasó el resto del día cayéndose de sueño y restregándose los ojos como si no pudiera dar crédito a la violenta escena del patio de arena. Cuando al caer la tarde localizó a Jeremías, éste negó los hechos, tal como anteriormente ya había hecho el desconocido. Barnaola comenzó a sospechar que esa escena sólo había existido en su imaginación. Conoció lo que es el estupor, sentimiento que en los días siguientes fue acrecentándose en él, pues todas las noches, sin falta, esperaba afuera del hospital creyendo que, tal como siempre le prometió el desconocido, éste se fugaría. Pero el desconocido no aparecía nunca y Barnaola, con repetido estupor y sin escarmentar, pasaba noches en blanco y acabó alarmando a su hermana que, intrigada ante tan repentino noctambulismo, le asediaba a preguntas que no hallaban otra respuesta que el silencio.

Hasta que un día, cansado de tanto asedio, se inventó una novia, taquillera de cine. Pronto la noticia corrió como la pólvora por todo el barrio y acabó llegando a oídos del doctor Vigil.

—Ahora comprendo por qué ya nunca quiere acompañarme a La Luna —le dijo el doctor a Barnaola, interrumpiendo una cabezada de sueño en pleno despacho—. Sí, lo comprendo. Aunque pienso que podría habérmela presentado. ¿Es guapa?

—Es impresentable.

—Me lo temía. Cada día está usted más raro. Primero fue el orujo, ahora la novia. Me roba, siempre que puede, el jerez. Y, en fin, desde hace días no da golpe. Todo un poema.

—Tampoco es que trabaje usted mucho —se atrevió a decir Barnaola.

—¿Y quién es usted para hablarme de ese modo?

—Ya veo que usted no sabe con quién está hablando —dijo Barnaola, parodiando una frase que estaba de moda en aquellos días. El doctor se puso en pie y, dando un puñetazo en su mesa, dijo:

—Esta novia le ha trastornado. ¿En qué cine trabaja? Dígamelo o le despido ahora mismo.

Barnaola quedó pensativo. Capitol, Metropol y Bosque. Pensó que decidiría entre una de estas salas. Finalmente eligió el Metropol, pero conocer el nombre del cine no apaciguó los ánimos del doctor, al que Barnaola miraba con infinito odio, mientras pensaba en lo mucho que lo aborrecía. Todo podría haber acabado muy mal, de no ser porque en aquel momento entregaron al doctor el informe oficial y definitivo de la policía acerca de las actividades delictivas de Claudio Nart. Barnaola y el doctor firmaron tácitamente la paz para volcar toda su curiosidad en aquellos papeles.

Según los datos del informe, alrededor de 1944 Claudio Nart vivía en Gerona haciéndose llamar Claudio Bueno, siendo detenido por intento de robo de unas gallinas. Dos años más tarde apareció en Zaragoza, donde se hacía llamar Claudio Castañer, siendo detenido por robar unas bombillas a un guardia civil. Arriesgando su vida, escapó del cuartelillo donde era interrogado, perdiéndose su pista hasta que, un año después, apareció en Valencia con una mujer a la que hacía pasar por su esposa. En esta ciudad se hacía llamar Claudio Falla y, tras dedicarse a la extorsión, recibió la hospitalidad de un cura párroco, al que la pareja acabó robando toda la vajilla, toda la ropa interior y todo el dinero. Huyó a Tarragona, donde se hacía llamar Claudio Vila, dedicándose nuevamente a la extorsión, esta vez en compañía de Aurora Suárez, a la que también presentaba como su esposa. Tras ser detenido y pasar unos años en la cárcel, apareció en Badalona, su ciudad natal, donde se dedicó al contrabando y al cambio constante de nombre y apellidos (ya por puro capricho y afición, al parecer), siendo detenido repetidas veces, siempre por robo contumaz en iglesias y cementerios. En todas sus detenciones Nart dejó sus huellas digitales en poder de la policía y ésta se hallaba en condiciones de afirmar que, sin lugar a dudas, las huellas eran idénticas a las del desconocido, antes desmemoriado y desvergonzado embaucador de la policía la noche en que fue detenido en el cementerio del Noroeste.

Imperturbable, el desconocido continuó, en los días siguientes, trabajando en sus memorias. La señora Bruch le visitaba todas las tardes y le animaba a seguir escribiendo. Por las noches, pese a sus reiteradas promesas a Barnaola, nunca se fugaba. Y el secretario, humillado y ofendido, acabó despertando una noche al portero y, con el pretexto de que había olvidado el paraguas en el despacho, entró hecho una furia en el hospital.

En el último pabellón del manicomio reinaba la más absoluta calma. Barnaola evocó aquella noche feliz en la que había confesado al desconocido su tendencia a la abyección y su secreto deseo de cambiar de identidad y ser algún día, en un país extraño, el sirviente de un gran señor. Miró por entre las rejas y vio a todos los locos durmiendo en sus camas, arropados por el hedor a piojos y amoníaco, aquel tufo inconfundible que, en un primer momento, producía al visitante la sensación de estar ante una jaula de fieras. Entró silenciosamente, dispuesto a despertar al desconocido, pero entonces descubrió que no estaba. Barnaola quedó inmóvil y desolado. Entendió que, en otro lugar del mundo, sin trabas ni el menor obstáculo, el desconocido comenzaba a ser el profesor Bruch. Y quiso morirse.

Regresando hacia la portería, le pareció ver, entre las lúgubres luces del patio de arena, la sombra de alguien que se tambaleaba entre las arcadas. Por un momento, tuvo la esperanza de que fuera el desconocido, pensó que tal vez éste no se había ido para siempre. Se aproximó a aquella sombra furtiva, pero ésta se desvaneció de pronto, con las luces de un relámpago que, al anunciar una inminente tormenta, desvió la atención de Barnaola. Ya en la portería, una voz le preguntó dónde estaba el paraguas, pero andaba Barnaola tan compungido y preocupado que creyó que el portero le preguntaba por el desconocido.

—Ha pasado a mejor vida —contestó. Y salió corriendo a la calle en busca de un taxi que le protegiera de la tormenta.

Ya en su casa, se acostó asustado, porque sentía una gran laxitud y desmadejamiento en todo el cuerpo. Al dormirse, soñó que un leproso se arrastraba por un cementerio para ver a un profesor y suplicarle que le curara en secreto. La casa del profesor, situada junto al cementerio, se transformaba: luces, risas, humo de cigarros. Sin duda, una fiesta. Mientras hacían saltar alegremente el tapón de una botella de champán, el leproso se disparaba un tiro en la cabeza.

Barnaola despertó violentamente, oyendo todavía el eco del disparo, y se preguntó si en ese sueño de un país extraño él era el profesor o el leproso. Un poco los dos, pensó, mientras oía el desgarrador grito de su hermana. Comprendió que un anterior grito de ella, que él había confundido con el disparo, era lo que le había despertado. Su hermana gritaba, como de costumbre, cuando una tormenta nocturna le recordaba, en la mitad de la noche, la triste soledad a la que siempre se había sentido abocada. Barnaola se incorporó lentamente y fue a mirar por la ventana, donde la calle Aribau brillaba como el espectro de un espacio satánico, fosforescencia incesante, algo parecido a fuegos fatuos entre nubes iluminadas por rayos y truenos que estallaban sin piedad. También él sintió miedo y frío y soledad. Y quiso detener la tempestad con un gesto.

Alargó su brazo hacia los truenos, el viento y la lluvia y tanto resplandor. Intentó que todo quedara inmovilizado y que el mundo se detuviera, pero fracasó. Vencido, lloró. No había nada ante él, ninguna esperanza. Todo había terminado, nada quería iniciarse. Después de tantos años de servir a una causa siniestra ya no era nadie, o lo que aún era peor y más terrible, era el secretario de un déspota, mirando en la noche por una ventana, solo y desesperado, incapaz de variar el rumbo del tiempo y de las tormentas. Acabó refugiándose en la cama de su hermana. Ella le dio la bienvenida estrechando fuertemente su cuerpo, estremecida. Y una vez más, aunque en esta ocasión temblando, Barnaola contó una mentira:

—Mi novia me ha dejado —dijo al borde del llanto, y se durmió en los brazos de su hermana imaginando que a la mañana siguiente acudía almidonado y ojeroso al trabajo y reanudaba, falto ya de todo estímulo, sus actividades como secretario. A partir de ese día, ya nada esperaba de la vida. Vagaba su cuerpo por los fatigados caminos de la más siniestra de las monotonías. Y su vida quedaba ya definitivamente trazada. No habría ya nunca la menor interrupción a su profundo aburrimiento. Nunca sería el sirviente de un gran señor. A lo máximo que podía aspirar era a ser lo que ya era...

Pero, como es sabido, hay premoniciones que

nunca se cumplen y, a la mañana siguiente, al entrar almidonado y ojeroso en su despacho, fue abordado por un inspector de policía, extraordinariamente grueso, que le dijo que fuera haciéndose a la idea de que iba a ser interrogado en profundidad. En otro tiempo y en otro país, Barnaola se habría asustado, pero se sentía tan ajeno y a la vez tan identificado con la siniestrez general, que incluso le divirtió que hubiera surgido aquel imprevisto en su vida. Nada menos que un inspector.

—Sabemos —dijo el policía— que a altas horas de esta madrugada ha entrado usted como un loco en este hospital y, arguyendo la búsqueda de un paraguas que no existe, ha golpeado brutalmente a Jeremías Aznar hasta dejarle inconsciente y, a continuación, se ha despedido del portero diciéndole que su víctima había pasado a mejor vida. ¿Podría aclararme tan extravagante conducta?

Apareció en este momento el doctor Vigil y le instó a que contara toda la verdad, lo cual era imposible, pues, aun en el caso de que lo fuera, nadie iba a creerle, de modo que optó por narrar sólo una parte de la verdad y habló de su iniciativa de investigar la identidad real del desconocido. Pero, a medida que avanzaba en su narración, fue haciéndose evidente, para Barnaola, lo difícil que era contar algo, sobre todo si ese algo le resultaba también inexplicable. Se permitió una larga pausa y, luego, atropelladamente, habló del estado de desasosiego en el que se hallaba sumido desde el día en que, paseando por las calles de Barcelona con el desconocido, revivió el día más feliz de su atroz infancia.

El inspector y el doctor le escuchaban con aspecto de no entender absolutamente nada de lo que estaban oyendo. Balbuceando, Barnaola concluyó su exposición declarándose inocente de la agresión a Jeremías y explicó que si la noche anterior había entrado en el hospital, fue debido a su sospecha de que el desconocido había tramado para aquella misma noche una fuga definitiva del hospital, hecho que, tal como él había intuido, se había producido.

—El profesor Bruch —dijo el doctor —está tranquilamente en su pabellón. Acabo de verle.

—¿Lo ha visto? —preguntó muy nervioso y alterado Barnaola.

—Sí. Está como cada día escribiendo sus memorias. A quien, por cierto, no conseguí ver es a esa taquillera del Metropol. El otro día fui hasta el cine y me encontré a una vieja malhumorada, que no creo que sea su novia.

—Pues lo es —dijo Barnaola desesperado.

—¿Y qué hacía la otra noche jugando con la gorra de nuestro portero?

Aunque no veía ninguna salida, Barnaola miró en torno suyo, por puro instinto, y acabó pensando que, ante aquella nueva pregunta, lo más conveniente era guardar un riguroso silencio. Pero como estaba realmente fuera de sí, comenzó a arañar la pared, casi a escarbar en ella, mientras reía de una manera infinitamente seria, con amargas carcajadas, temblando, hasta que dio media vuelta sobre sí mismo y, mirando fijamente al doctor, entre grandes sollozos, dijo:

—Yo soy la señora Bruch.

Se produjo un silencio imponente, sólo animado por las miradas de complicidad entre el doctor y el alarmado inspector.

—Bueno, no se preocupe. Todo tiene arreglo. Cuando Jeremías recobre el conocimiento, se aclarará su inocencia. Ahora hágame el favor de acompañarme a examinar a un enfermo que tiene una complicación en los pulmones —le dijo el doctor, mientras hacía disimuladamente señas a un enfermero, que aguardaba instrucciones fuera del despacho.

Barnaola protestó, alegando que no sabía nada de pulmones, pero el doctor insistió en que le acompañara, y poco después, seguidos a una distancia prudencial por el enfermero, cruzaban el patio de arena, enfilaban los corredores, atravesaban la cocina y la sala de actos, saludaban a las monjas y llegaban al último pabellón del manicomio, donde el doctor dijo haber olvidado su estetoscopio. Aprovechando que Barnaola se había quedado hipnotizado mirando al desconocido, el doctor se ausentó en compañía del enfermero. Minutos más tarde apareció otro empleado del hospital, llevando bajo el brazo una bata, ropa interior de algún extraño y zapatos.

—Le ruego que no me cree problemas y se cambie de ropa —le dijo el empleado en voz baja a Barnaola—. Aquí está su cama. Por favor, aquí.

Barnaola le miró como ausente y, en silencio y como resignado, fue cambiándose de ropa, mirando de reojo al desconocido, que permanecía indiferente a lo que sucedía a su alrededor. Barnaola notó que la bata olía a cloroformo.

—Se curará, señor Barnaola —le dijo el empleado mientras hacía un montón con su ropa. Después salió y, al cerrar la puerta tras sí, le repitió cariñosamente:

—Se curará, señor, ya verá como se curará.

Barnaola se quedó mirando con tristeza las alambradas. Había apostado por cambiar de vida y ser otro y, por una cruel burla del destino, aquellas alambradas y las rejas formaban ahora parte de su nueva vida. Lloró cuando Blume se le acercó y le habló de viejas naves, de azares en los burdeles portuarios, del golpe seco de los remos y la atracción constante de la aventura en un mundo que estaba más allá de los límites del manicomio y que aquella tarde retumbaba en el pabellón como una nave que se adentrara silenciosamente en bahías remotas entre acantilados de fuego que Barnaola, sumido en un silencio litoral sin pájaros, ya nunca, nunca conocería.

VI

Cuando al día siguiente todo se aclaró, es decir, cuando Jeremías recobró el conocimiento y explicó que en realidad había tropezado casualmente y había ido a estrellarse contra una de las arcadas del patio, nadie en el hospital creyó esta versión, pero Barnaola fue puesto en libertad y devuelto a un despacho que ya nunca más volvió a reconocer como suyo. Se convirtió en una de esas personas que, de la noche a la mañana, pasan a deambular como sombras por las estancias de una casa que les resulta indiferente, arrastrando los pies, recordando tiempos mejores en voz alta, y de quienes nadie se acuerda hasta el día en que amanecen muertos.

Comenzó a entrar en contacto con otro mundo. De los días del pasado sólo quería recordar una noche en la que había sido feliz paseando con un desconocido por las polvorientas calles de una fantasmal Barcelona. Era tan sórdido el paisaje civil de aquellos años y tan repugnante la atmósfera moral de la época, que Barnaola, queriendo huir de aquel mundo gris viscoso, prefería recordar únicamente aquellos momentos excepcionales vividos en compañía del desconocido: instantes de una intensidad desacostumbrada, que ahora evocaba como surgidos de una parada fantasmal del tranvía de la monotonía.

Fue convirtiéndose en alguien cuyo olfato y oído se estaba desarrollando de una forma sorprendente. En los cambios repentinos de su silencioso rostro se veía que sus sentidos le mantenían en permanente contacto con el mundo recóndito de los oscuros rincones, los agujeros de los ratones, los huecos bajo los parquets carcomidos. Todos los crujidos y ruidos, la vida secreta y chirriante de los suelos encontraban en él a un observador tan atento como infalible. Vivía totalmente absorto en ese mundo tan inaccesible para muchos. Y a menudo, cuando todos esos caprichos de lo invisible se hacían demasiado absurdos, chasqueaba los dedos y reía en voz baja, para sí mismo, asustando a su hermana o al doctor Vigil, cada día más apurados ante lo que juzgaban como un comportamiento extravagante. Chasqueaba los dedos, sí. Y se reía mientras lanzaba miradas de inteligencia a un gato imaginario, al que suponía también iniciado en aquel misterioso mundo.

Dominado por el remordimiento, el doctor Vigil no se atrevía a relevarle del empleo de secretario y, armado de gran paciencia, le consentía todo, confiando en que el mal fuera pasajero y Barnaola acabara por olvidarse del último pabellón del manicomio

y de aquel extraño mundo en el que se había aden-
trado. Pero pronto se vio que si de algo estaba dispuesto a olvidarse Barnaola era de su propio nombre, pues cuando alguien lo pronunciaba, él ni tan
siquiera se daba por aludido; simplemente se sentía transportado a los días en que, siendo un niño,
se preguntaba qué habría en un nombre, cada vez
que escribía ese nombre que le habían dicho que era
el suyo.

De día, en horas de oficina, permanecía atento
siempre a la secreta vida de los suelos mientras dibujaba distraídamente rubias platino que vestían tú-
nicas semejantes a caparazones de tortuga. A veces,
cuando detectaba algún ruido subterráneo, inte-
rrumpía sus dibujos y levantaba la cabeza para centrar toda su atención en el misterioso acontecimiento que tenía lugar en aquel mundo de lo invisible del que se sentía monarca. De noche, aguzaba
el oído, y sus orejas parecían alargarse desmesura-
damente y escuchaba con creciente inquietud el
avance implacable de los crujidos en el silencio, el
infatigable murmullo de la gran fiesta de las baldo-
sas del cuarto que le vio nacer.

Todo cuanto contemplaba le molestaba, e intentaba ver siempre lo menos posible. Sólo en las salas
de cine sentía cierto alivio, aunque no veía las pelí-
culas, sólo las oía. De vez en cuando lanzaba una
mirada furtiva a la pantalla y comprobaba que aquello no era lo que estaba imaginando. Y volvía a la
vida secreta que fluía bajo su butaca.

Descubrió que podía sentir una embriaguez triste y deliciosa si se tumbaba bajo su cama y, en el silencio perfecto de la noche, se imaginaba en una tumba. Allí, tan cerca del suelo, el misterio que dormía en los objetos que tantas veces había visto se iba desvelando poco a poco. Un cuchillo, por ejemplo, al que había lanzado una mirada furtiva en la infancia. Recordaba con precisión el atractivo brillo de la hoja de acero sobre el fondo de fieltro rojo que forraba el cajón. Habían tenido que pasar muchos años hasta que él pudiera comprender todo lo que había en el acero. Ahora sabía que podía quitarse la vida, desgarrarse el corazón, y que este gesto, tan solitario e íntimo como el de tumbarse bajo la cama, estaba rodeado de la embriaguez más triste y deliciosa que un hombre puede conocer.

Cuando comprendió que esa fascinación por la muerte era tan poderosa como su atracción hacia la vida secreta de los suelos, supo que su melancólico y afortunado reino podía abarcar también esos recintos aéreos donde se guardaban las cosas que no servían para nada. Así pues, también los trastos acumulados en la azotea comenzaron a llamar su atención.

Se aficionó a la lectura. Muchas noches, después de la cena, subía a la azotea para leer allí como un perfecto hipócrita. Si con el estómago bien lleno leía, por ejemplo, el relato de un viaje al Polo Norte, comía, al mismo tiempo, un trozo de pan seco que mojaba en un vaso de agua. Sólo así sentía que participaba plenamente en la miseria y penalidades de sus héroes. Si leía las memorias de un pirata, se colocaba un parche en el ojo, mientras imaginaba que en su mente llevaba, bordada en un pabellón de seda negra, la más feroz de las calaveras.

Allí, entre sillas cojas, cocinas de carbón y colchones olvidados empezó a vivir esa vida ficticia que tienen los seres literarios y que, muchas veces, sobrepasa en energía la vida que anima a las personas que nos rodean. Allí, entre escobas sin paja y maceteros rotos, creyó descubrir, un día, que los escritores inician sus novelas con el único y exclusivo propósito de fundar, en un secreto fragmento de la obra, un reino para su personaje más desvalido.

Y también creyó descubrir que en todas las novelas el narrador siempre es un impostor, un indeseable que se hace pasar por el autor y que sólo es desenmascarado por los lectores más perspicaces, que suelen ser también los más amargados. Barnaola se situaba entre éstos y se veía a sí mismo como un hombre rabioso y eternamente enojado, protegido por una jauría de perros, cuyos ladridos le aislaban del resto del mundo y le alejaban de la estupidez humana. Sentía, pues, que formaba parte de ese grupo de lúcidos lectores de la vida, habitantes de un sórdido hospital del que nadie puede escapar y donde, a lo sumo, puede cambiarse de cama y probar otra enfermedad.

Un día, tal vez huyendo de su realista visión del mundo, se inventó un hermano al que imaginaba muy elegante, fumando un cigarrillo de la mejor marca, tumbado sobre almohadones y alfombras: un hermano al que nunca se atrevería a visitar, pues rodeado de tanta suntuosidad y comodidades podría creer en todo, excepto que estaba ante un hermano suyo. No, jamás le visitaría, porque en modo alguno soportaría que le diese buenos consejos, que es lo que sin duda haría su hermano en cuanto le viese aparecer por la casa. Además, estaba convencido de que, al presentarse en la casa tan mísero e insignificante, su hermano montaría en cólera y se sentiría tentado a hacerle patente su humilde posición. Y no sólo esto: sin duda su hermano se apiadaría de él y, tratando de ayudarle, le sugeriría que trabajara de mayordomo en la casa. Y Barnaola eso no podría soportarlo, porque deseaba ser sirviente, no le importaba de quién, excepto que su amo fuera precisamente su hermano.

Su desenfrenada afición a servir puede parecer extraña a todos aquellos que tienen un mínimo de dignidad, pero quienes, como Barnaola, carezcan de tal sentimiento y desconozcan el sentido del ridículo comprenderán más fácilmente el grado de felicidad que éste alcanzaba cuando se pensaba a sí mismo como un cero que podía unirse a cualquier elemento sin modificarlo, sin modificarlo en mayor medida que hacerlo vecino o cómplice de la nulidad más absoluta. Sabiéndose insignificante, Barnaola alcanzaba todas las cimas del placer. Para que su dicha fuera completa tan sólo necesitaba que sus deseos de convertirse en servidor doméstico se hicieran realidad. Y esto no tardó en suceder, aunque la oferta de trabajo le llegó de la persona de la que menos podía esperarla. Nada menos que del desconocido.

Una tarde en la que Barnaola estaba absorto en los más abyectos pensamientos, se le acercó el desconocido y, reanudando la interrumpida comunicación con él, le preguntó si estaría dispuesto a trabajar de mayordomo en la casa de Río de Janeiro en la que pensaba instalarse con la señora Bruch y sus hijas. Tan atónito como incrédulo, Barnaola palideció mientras el desconocido le revelaba todos sus planes para el futuro, a sabiendas de que Barnaola guardaría el secreto y, además, acabaría aceptando tan atractiva proposición.

Faltaban pocos días para que se iniciara el juicio, y el desconocido temía no ser reconocido como el profesor Bruch, así que había planeado una fuga en barco, en dirección a Río, donde el padre de la señora Bruch regentaba desde hacía años un próspero negocio. La fuga tendría lugar poco antes de la medianoche, cualquier día antes de que concluyera el juicio. Aguardar al veredicto final era correr riesgos que, a todas luces, parecían innecesarios.

Era tal la atracción que Barnaola sentía hacia el desconocido que, antes de que éste terminara de hablar, ya había aceptado la oferta, aunque disimulando, eso sí, su extraordinario júbilo. Y aquella noche el futuro mayordomo no pudo dormir de emoción, mientras se veía a sí mismo feliz y arrodillado, pobre enano subordinado, sujeto a una incesante obediencia. Lo que más le estimulaba y le daba más fe en sí mismo era su propia modestia, la más alta conquista de su espíritu.

Además, el profesor podía ser su amo ideal, porque era una persona fascinante que sabría ser exigente y desearía ser servido a la perfección y valoraría su esforzado trabajo. Se dijo a sí mismo que sería un sirviente incomparable, porque no sólo su aspecto lo hacía adecuado para tal estado de humildad y dedicación, sino que también su espíritu, su carácter, todas sus actitudes poseían en sí algo servil, en el mejor sentido que podía darse a este término.

Servir le colmaba de felicidad, porque siempre le había horrorizado tener éxito en la vida. Vestir un uniforme le parecía algo realmente agradable. Se acabaron sus constantes dudas sobre la manera de vestirse. Barnaola era inmensamente feliz sintiendo que en el fondo de sí mismo residía un ser bastante vulgar. Al contrario de muchos hombres, siempre había aspirado a ser consciente de que, a medida que vamos dejando atrás la juventud, por mucho que hagamos, nunca mejoran las cosas, más bien empeoran. Ahora, por fin, podía al menos estar seguro, completamente seguro, de algo: en su vida futura sería un espléndido cero a la izquierda y cuando llegara a viejo se vería obligado a servir a jóvenes juerguistas, presuntuosos y maleducados, o bien pediría limosna, o acabaría hundiéndose en la ciénaga más criminal de la tierra. Así pues, aquella noche, sabiendo que iba a convertirse en el sirviente del profesor y que iba a dar voluntariamente un mal paso en la vida, no pudo dormir de contento, mientras pensaba que tal vez la felicidad consista en esto, en ser al menos conscientes de que podemos aportar nuestro grano de arena a la hora de acabar, como todo el mundo, mal.

VII

Cuando Barnaola dejó de ir al trabajo, el doctor Vigil fue presa de un remordimiento feroz y creyó que era el único culpable de la conducta de su secretario. En la soledad de su despacho, pasaba las horas meditando, avergonzándose de sí mismo y de su nefasta gestión al frente del hospital. De pronto, a las puertas de la jubilación, se veía como un ser monstruoso, alguien cuya actuación al frente del hospital había sido simplemente bochornosa, como si hubiera estado suplantando durante años al verdadero director del hospital: una persona a la que imaginaba bondadosa, liberal, comprensiva con los locos. Al doctor no se le escapaba que Barnaola, al igual que el desmemoriado que había logrado dejar atrás una identidad que no le correspondía, podía estar dando un giro radical a su vida convirtiéndose en otra persona, mucho mejor que la que era antes. Allí todo el mundo cambiaba de manera de ser, todo el mundo menos él. Era triste pensar que se jubilaría y, a partir de entonces, se aburriría hasta el fin de sus días, seguido por la sombra de un pasado nada grato y con la angustiosa sensación de no poder escapar ya nunca a la sórdida figura de psiquiatra dictador que, tras tantos años de dedicación exclusiva a la represión y la mezquindad, él mismo había ido moldeando con el sudor de su malévola frente y su despiadada vocación de carcelero.

Al principio, pensó que sólo la compañía de Barnaola podía salvarle, e hizo lo imposible para que su secretario se reintegrara al trabajo. Durante varios días estuvo llamándole por las mañanas a su casa con la intención de despertarle y convencerle de que volviera al despacho. Pero siempre era la hermana de Barnaola la que descolgaba el teléfono y le explicaba lo difícil que resultaba despertar a su hermano desde que, al dejar el trabajo, tenía por las mañanas el sueño más profundo.

Tal vez por esto y quizá también porque deseaba convertirse en una persona mejor, más agradable e interesante, quiso el doctor Vigil convertirse en el inventor de despertadores eficaces. Comenzó a idear un raro artefacto, cuyo mecanismo podía ser el ideal para despertar por las mañanas a su antiguo secretario. Robándole horas al sueño, se dedicó a diseñar, sin éxito, una complicada máquina cuyo funcionamiento tenía que ser el siguiente: sonaba, con notable estruendo, una campanilla y, si ésta no surtía efecto, le eran automáticamente retiradas al durmiente las ropas de la cama, se inclinaba el colchón y el soñador era depositado en el suelo; como éste siguiera sin despertarse, automáticamente la máquina le arrancaba de la cabecera violentamente el gorro de noche y delante de su nariz aparecía un cartel ordenándole que se levantara; si, pese a todo esto, el durmiente se resistía, un reloj de agua, situado sobre su rostro, se desbordaba; tras este despertador húmedo, que era también un lavabo, aparecía, bajo los compases de una canción de Bing Crosby, una soberbia taza de café.

Pero el doctor Vigil no era precisamente un inventor y fracasó rotundamente en su intento de crear la que él consideraba una máquina revolucionaria. Su fracaso le convirtió definitivamente en un ser mezquino y amargado. Por las tardes, a la salida del trabajo, se dirigía en riguroso silencio hacia La Luna y allí sostenía imaginarias conversaciones con su secretario. En el café todos los parroquianos coincidían en que el doctor acabaría mal. Se le veía más pálido y enjuto que nunca, sosteniendo acaloradas discusiones sobre el talento de Manolete y Arruza con su contertulio de piedra. Murió en el probador de una sastrería.

En un último y desesperado intento de renovar su imagen, había decidido comprarse trajes nuevos, afeitarse el bigotillo, regalar caramelos a la salida de los colegios y buscar una viuda de buen ver para que le cuidara hasta el fin de sus días. Pero una tarde, en la que, tras descorrer unos grises cortinajes, estaba tratando de introducir un pie calzado dentro de una pierna de pantalón, sintió que un rugido rojo le invadía la cabeza. Murió antes de caer al suelo, como si cayera desde una gran altura, y quedó tendido de espaldas, un brazo estirado, los caramelos y el sombrero fuera de su alcance contra el alto espejo.

Una mañana lluviosa, de una palidez que contenía un amarillo en su tristeza, en las postrimerías de aquel año de 1953 y en una Barcelona apagada y sórdida, se celebró su funeral. Los Bruch no acudieron. Barnaola se pasó toda la ceremonia preguntándose quién estaba detrás de tan extrañas casualidades, ya que el funeral tenía lugar tres horas antes de que se iniciara el juicio sobre el caso del desconocido.

A la salida del oficio, Barnaola cambió su traje y corbata negro por una indumentaria más alegre y se dirigió al Juzgado. Asistió a la primera sesión sin demasiadas ganas, en realidad únicamente interesado en observar al juez, en cuya hermética expresión creía ver un deseo irrefrenable de partir en dos mitades idénticas al desconocido. De vez en cuando escuchaba lo que se decía ante el tribunal y le parecía todo tan disparatado que sonreía o chasqueaba los dedos indistintamente. Luego, se quedaba pensando en cuándo el desconocido se pondría en contacto con él para anunciarle la fecha de partida hacia Río de Janeiro.

Aplaudió, sin saber exactamente por qué, el hecho de que el primero en tomar la palabra fuera el abogado de la familia Nart. Después, simuló que escuchaba atentamente lo que éste decía. El abogado exaltó las virtudes intelectuales, la nobleza de espíritu, la profunda religiosidad y el heroísmo inigualable del desaparecido (para él, definitivamente desaparecido) profesor Bruch; mostró su asombro de que la vulgar figura del tipógrafo hubiera podido ser confundida con la elegante y señorial figura del profesor; se rió de las memorias que, a su juicio, eran, pese al sorprendente pulso literario del impostor, completamente falsas; citó el detallado informe policial y llamó la atención sobre el gusto del desconocido por cambiar constantemente de nombre; lamentó que la señora Bruch hubiera tenido que presenciar el bochornoso aporreamiento del piano en su casa, lo que, sin lugar a dudas, le habría hecho sentir nostalgia de aquellas amables y dulces melodías con las que antaño el profesor había amenizado las veladas familiares. Se autoerigió en el verdadero defensor de los Bruch, cuyo honor, a causa del lamentable error de la buena señora, parecía irremediablemente manchado. Y concluyó: «Ahora, que triunfe la verdad. Después, ya pediremos clemencia para Claudio Nart.»

Barnaola se aburría. De toda esta intervención tan sólo escuchó con cierto interés las palabras finales, que le parecieron solemnemente cómicas. Estuvo en cambio más atento a la intervención del abogado de la familia Bruch, al que creyó boicotear, repetidas veces, con el chasquido de protesta, insolente, de sus dedos. El abogado de los Bruch, con su

111

servilismo involuntario, extraordinaria torpeza verbal y escasez de miras, era el tipo de persona que más podía irritar en aquellos días a Barnaola. Falto de la más elemental astucia, el abogado presentó como prueba (a su juicio, decisiva) el libro de memorias del profesor que, según anunció pomposamente, iba a ser publicado en fecha inminente por una prestigiosa editorial barcelonesa, que había reconocido en su autor el sello inconfundible del profesor Bruch. Después, con un sentimentalismo que a Barnaola le pareció sencillamente repugnante, centró el resto de su intervención en la circunstancia del próximo nacimiento del tercer hijo de la señora Bruch: un hijo al que, si la Justicia no lo remediaba, le esperaba, según dijo, la tragedia de tener que llevar el apellido de un violador de tumbas cuando su padre no era otro que el respetado y admirado profesor Bruch. Finalmente, recordó al juez que esta cuestión forzosamente debía preocuparle y conmoverle tanto como inquietaba ya a todas las familias bienpensantes del país.

Barnaola aplaudió irónicamente esta última frase y se encontró con la sorpresa de que arrastraba a la sala entera con su gesto. Y como fuera que no acertaba a entender semejante entusiasmo general, supuso que lo que sucedía era que había por parte de los asistentes a la sala cierta afición y tendencia hacia la Retórica.

Estimulado por los aplausos, el abogado, con aterradora mirada de fanático, siguió hablando, a la vez que parecía recrearse en la mediocridad de su discurso. Dijo que, de hecho, ya no sólo había dos familias enfrentadas, sino que, de no ponerle un remedio rápido, España entera se dividiría en dos bandos irreconciliables: los partidarios de Lola Negro, indeseable miliciana, y los partidarios de la señora Bruch, esposa ejemplar de un valioso escritor al que, por su condición de insobornable defensor de los valores de Occidente, la patria debía recuperar.

Estas palabras provocaron otra cerrada ovación de la sala, aplaudiendo todo el mundo menos Barnaola, quien hacía ya rato había dejado de escuchar para poder centrar toda su atención en lo que estaba aconteciendo debajo mismo de su asiento, donde podía oír con toda claridad el restallar implacable de un látigo que puntuaba rítmicamente las palabras esdrújulas del abogado. Ocupado en tales escuchas, no se enteró de que la primera sesión del juicio había llegado a su término. Sería la primera y última sesión, porque la fuga de los Bruch —y de esto no tardaría Barnaola en enterarse— iba a tener lugar aquella misma noche.

En cuanto fue informado de la inminente partida, Barnaola acudió a casa de su hermana dispuesto a comunicarle, del modo menos brutal posible, la noticia de que aquella misma noche partía rumbo al Nuevo Continente. Barnaola amaba a su hermana, tal vez porque lo único que de ella sabía era que había sufrido siempre mucho. Fuera de esto, ignoraba todo sobre su hermana, a la que veía como el personaje más enigmático del mundo. Barnaola me habló mucho de ella.

Sí. Ha llegado el momento de presentarme. Yo fui el médico de Barnaola. También su confidente y único amigo, aquí en Río. Fue él, naturalmente, quien me contó todo cuanto vengo narrando, y fue él quien me pidió que algún día escribiera unas páginas que revelaran nuevos datos sobre el caso del profesor Bruch, al tiempo que llamara la atención sobre la reciente producción literaria de éste, una obra totalmente ignorada por sus compatriotas. En este sentido, debo decir que si ha caído el olvido sobre el profesor Bruch, tal vez se deba a su alejamiento de su país natal y al hecho de que desde 1957 escribe en portugués. Pero obras como *Ave do Egipto, Chuva Obliqua, Pensar em nada* y *Passagem das horas* podrían sorprender gratamente a los lectores españoles. Son de una calidad tan infinitamente superior a lo que escribiera el profesor Bruch en su primera etapa que, al leerlas, he llegado incluso a ruborizarme. Quizás haya influido la notable evolución política del profesor en los últimos tiempos. Rompió con el falangismo imperial de su amigo Eugenio Montes y se pasó a la facción liberal que encabeza Edgar Neville. Hoy en día, el profesor es un falangista pausado, que escribe de vez en cuando cartas a su admirado Neville, sin obtener respuesta, y no por ello se enfurece, pues sigue confiando en que algún día será atendido. Y entendido.

Ahora, vuelvo sobre los últimos pasos de Barnaola en Barcelona. Contrariamente a lo que pueda pensarse, la fuga fue extremadamente fácil. Primero embarcó la señora Bruch con sus dos hijas y acompañada de su mayordomo, es decir de Barnaola. A última hora apareció el profesor con su pasaporte falso, vestido de jesuita y con una expresión increíblemente grave y serena, como si estuviera a punto de bendecirlo todo. Durante la larga travesía, el profesor no cruzó una sola palabra con su familia ni con el mayordomo. Para no despertar la más mínima sospecha, pasaba las horas tumbado en cubierta, absorto en su breviario o bien refugiado en su camarote, donde Barnaola sospechaba que no se quitaba nunca la sotana, pues parecía que le había tomado gusto al sacerdocio. La única situación comprometida llegó el día en que fueron a buscarle para que diera la extremaunción a un enfermo. Pero la casualidad (o la suerte, que últimamente era su aliada) quiso que, a última hora, no fueran precisos los servicios de un representante de Dios, pues el enfermo se reanimó de pronto y, al parecer, lo hizo de forma muy exagerada.

Desembarcaron en Río un 26 de enero de 1954, hace ahora siete años. Barnaola, al avistar la costa, se levantó de su silla con un esfuerzo monstruoso, pues tenía la impresión de que levantaba la silla consigo, y que ésta era más pesada que él, probablemente porque era la silla de un mayordomo. No tuvieron problemas al desembarcar y se dirigieron rápidamente a la lujosa mansión del padre de la señora Bruch. En ella todavía hoy residen. Fue en la terraza de esta casa donde, no hace mucho, pude ver por última vez a Barnaola.

El crepúsculo caía sobre la bahía y era lento y parecía eternizarse. El profesor lo contemplaba en riguroso silencio. Su gesto de emoción, grave y poético, me hizo sospechar que su atención estaba sumida en las embarcaciones alineadas en el puerto. La vista desde la terraza era espléndida y permitía todo tipo de ensueño. El profesor parecía sentirse dueño de todos aquellos barcos a los que en cualquier momento un portentoso ensamblaje podía transformar en corceles de corrientes, capaces de llevarle más allá de aquel lento crepúsculo carioca.

Recuerdo que, tras pedir permiso, entró Barnaola en la terraza. Uniformado y respetuoso, con una bandeja de plata que contenía dos exuberantes bebidas tropicales, avanzó solemne hasta donde el profesor y yo estábamos y depositó en silencio las dos bebidas sobre la mesa. El profesor le miró fijamente a los ojos y le dijo en un tono dulce y persuasivo:

—Reconozca, Eugenio, que todo aquello era, y tengo entendido que sigue siendo, muy sórdido. Hicimos bien en irnos.

Yo sabía que no era la primera vez que el profesor se lo decía, y conocía asimismo la respuesta:

—Lo reconozco, señor. Creo que le debo a usted mi libertad.

116

—Muy bien, Eugenio. Puede retirarse.

Quedaron, por un momento, los dos inmóviles, las siluetas recortadas en el crepúsculo ya eterno: el uno con la bandeja caída y la expresión, sumisa y feliz, de todo aquel que está dispuesto a ser hasta el fin de sus días un perfecto enano subordinado; pensativo el otro, como si en aquel preciso instante hubiera al fin descubierto que su tendencia a escribir le había, en realidad, encadenado de por vida al más noble pero también al más implacable de los amos.